이시환 신작 시집

가시와 솜털

새로운 세상의 숲
신세림출판사

이시환 신작 시집

가시와 솜털

자서 自序

이번에 펴내는 시집 『가시와 솜털』은, 전체 둘로 나뉘어 있다. 제1부는, 지난 2023년 10월 이후에 창작한 시 68편이 창작 순으로 편집되고, 제2부는, 11인의 한시(漢詩)와 부(賦) 18편 33수 원문과 우리말 번역 작품, 해설 또는 주석 등이 곁들여져서 편집된다.

68편의 신작 시 가운데에는 4편 11수 시조(時調)가 포함되어 있다. 물론, 나머지는 자유 서정시이다. 이들을 소재나 테마 별로 세분하지 않고 그냥 창작 순으로 편집했는데 이는 있는 그대로 보여주는 것이 더 자연스럽다고 느껴졌기 때문이다. 시는 결국, 내 삶의 기록이고, 내가 꿈꾸는 세상이며, 내 사유 영역 안에서 출렁였던 감정과 기분, 그리고 나의 언어 감각 등이 버무려져서 한 그릇의 비빔밥처럼 여러분의 식탁 위로 올려지는 상품과 다르지 않다. 따라서 시인은 독자에게 자기 생각, 감정, 문장

력, 성품 등을 주재료로 만든 비빔밥을 선보이며, 판매하는 사람이다. 그래서 신경 쓰이는 것도 사실이다. 그러나 궁극적으로는, 스스로 맑고 깨끗함을 지향하고, 자신의 솔직한 내면을 추구하기에 모든 시는 '청정(淸淨)한 아름다움'으로 귀결되리라 본다.

  한시(漢詩) 우리말 번역은, 지금껏 문학 창작 활동을 해오면서 개인적으로 아주 좋아해서 혹은, 필요하여 언급했던 작품들이 대부분이고, 요청에 의한 번역 작품도 포함되었다. 당대(唐代) 유명한 낭만주의 시인 이백(李白)의 술과 관련된 작품들을 통해서 이백 시인을 인간적으로 조금 더 이해하게 됐고, 주희(朱熹)의 「구곡도가(九曲棹歌)」 연작시 10수를 번역 해설하게 되어 나름 뿌듯하다. 주희는 주역(周易)과 떼려 해도 뗄 수 없는 지성적 인물로 만년(晩年)에 주역을 탐구한 자로서 마땅히 해야 할 일 한 가지를 한 셈이다. 그리고 분에 넘치는 일이었지만 가의(賈誼)의 「조굴원부(弔屈原賦)」와 구양수(歐陽修)의 「추성부(秋聲賦)」를 완역한 것도 내 작은 소원 하나를 이룬 듯 기분이 너무 좋다. 전체적으로 11인의 18편 33수를 우리말로 번역하고, 필요한 경우에 해설을 붙였으며, 조금 복잡한 작품에서는 주석까지 달아 놓은 것도 있다. 이들은 제 이름 석 자를 걸고서 이제 세상 속으로 내보낸다.

앞으로, 문학 창작 활동을 얼마나 할 수 있을지 모르겠으나 지금껏 써온 시 작품 1300~1500편을 시 전집(全集)으로 묶는 일이 남아 있고, 나의 시들 가운데 일부는 작곡되어 아름답고 절제된, 품위 있는 가곡(歌曲)으로 재탄생되는 날을 손꼽아 기다린다.

아무쪼록, 여러분 입맛에 딱 맞는 '비빔밥'은 아닐지라도 물리지 않고 시식(試食)해 볼 만한 최소한의 '새로움' 내지는 '정갈함'이라도 있어야 할 텐데 심히, 조심스럽다.

−2025. 01. 05.

이 시 환

차례

제 II 부

제
Ⅰ
부

한 모금의 생수

마야부인 옆구리
뚫고 나온 붓다

동정녀 마리아에게서
잉태된 예수

이런저런 얘기
좋아하는 사람들

절망을 희망으로 바꾸어주는
초월자 꿈꾸는 탓일까?

보란 듯이, 죽어 관속에 누워서도
두 발을 턱 관 밖으로 내미는 붓다

보란 듯이, 무덤 속에서 살아나
한 달 보름을 더 지내다가 승천하는 예수

이런저런 얘기
믿어 의심치 않는 사람들

절망을 희망으로 바꾸어주는
절대자 꿈꾸는 것일까?

갈증이 심할수록
간절해지는 한 모금의 생수런가.

-2023. 09. 23.

엉터리 불면(不眠) 박사

잠이 쏟아지는데
자지 않으려고 애쓰니 힘들고

잠이 오지 않는데
억지로 자려고 하니 힘들고

힘들게 살면
인생이 피곤해져요.

잠이 오지 않으면
자지 말고

잠이 쏟아지면
그때 자요.

잠이 오지 않아
부득불 밤샐 때는

걸어온 길 되돌아보고
내일 할 일 정리해 보아요.

아침 해가 떠오를 때쯤 되면
대개는 곯아떨어질 테니까요.

나는 엉터리 불면 박사
그렇게 저렇게 살아왔지요.

−2023. 09. 25.

장대비 맞으며 맨발로 걷는 여인

꾹꾹 짓눌려 있다가
한바탕 시원스레 쏟아지는 장대비 맞으며
맨발로 걷는 천하의 여인이여,

머리끝부터 발끝까지 흠뻑
젖으면서 미소짓는 여인이여,
몸 안의 불기둥 그렇게 삭이는가?

덕지덕지 달라붙어 굳어진
욕망의 잔해더미에 불을 지피는 의식(儀式)인가?
온몸이 젖으며 타들어 가도 아랑곳하지 않네.

일순간 불어난 거친 물살로
버려진 오물들이 쓸려나간 거리에는
그녀가 맨발로 걸어갔을 무지개 내걸리네.

-2023. 09. 27.

사기막골에서

소리 없이 솟아오르는 아침 해
풀숲의 작은 새들을 깨우고
새들은 곤한 나의 잠을 깨우네.

눈 비비며 문밖으로 이끌려 나가면
안개 속에서도 길이 열리고
그 길, 길을 따라, 가노라면
나뭇잎 나풀나풀 떨어지는 소리
닭 울고 개 짖는 소리
물소리 바람 소리 옷깃 스치는 소리
부엌에서 딸그락거리는 소리
이들이 다 숨죽이는 정적(靜寂)마저도
하나가 되어서 음악이 되는 세상

있는 그대로 자연이 커다란 그릇이요
그릇 안에 담긴 만물의 숨결이로다.

－2023. 10. 14.

*사기막골 : 경기 고양시 덕양구 효자동에 있는 버스 정류장 이름인데 구파발에서 의
정부로 이어지는 「북한산로」상에 있다. 나는 이곳 사기막골에서 북한산 백운봉을 오
르곤 했었는데 계곡 하천 무성한 겨울 풀숲에서 이른 아침 새들의 합창을 들으며 홀
로 산길을 걷곤 했었다.

어느 공연을 보고

첼로 둘이면
군중을 열광케 하는
혁명이 가능하더군요.

바로 여기에
드럼 하나만 가세해도
판을 뒤집어 놓더군요.

나에게는
그 첼로 대신에
오직 시(詩)가 있었고

그 드럼 대신에
평론(評論)의 칼날이 있었어도
뜻을 이루지 못하였다.

−2023. 10. 20.

사막의 노래

그의 노래는
간절함이 묻어나고

귀를 기울이는 내내
눈물을 쏟는다.

그의 노래는
죽을 힘을 다하고

두 눈을 감는 내내
심장을 졸인다.

그렇게 눈물조차 마르고
심지까지 다 타버리고 나면

허허벌판에 드리운
적막의 눈동자 더 커지고

어둠의 휘장이
대지 위로 나를 눕힌다.

−2023. 10. 29.

예순여섯 살에 부치는 나의 노래①

친구여, 내가 내 의지대로
움직일 수 있는 나이를
여든여덟 살로 본다면 내게는
이제 사분에 일이 남았네.

일생을 사계절로 치자면
정녕, 봄여름 가을이 다 지나고
막 겨울로 들어섰다네.
낮이 짧고 밤이 긴 겨울로 말일세.

이 겨울을 어떻게 보내야 할까?
지나온 길은 돌아보고,
지금 서 있는 자리는 재점검하며,
앞으로 걸어갈 길 내다보면서
한 걸음 한 걸음 담대하게
천천히 나아가는 것이지 않겠는가.

설령, 마지막 춥고 긴긴밤

그 끝자락에 임해서도
눈물 흘리지 말고 미소 지으며
담대하게 천천히 나아가세.

-2023. 11. 07.

예순여섯 살에 부치는 나의 노래②

나의 길고 긴 겨울을
다시 사등분(四等分)하여
작은 봄여름 가을 겨울로
뜨겁게 살려네.

이제 막 떠오르는
붉은 해 가슴에 품으며
새싹을 틔우고
꽃들을 피우며
살가운 바람에 살랑살랑
흔들리고 흔들리려네.

중천에 머무는 태양 작열하고
길어진 밝은 낮 선물하면
나도 보폭을 늘이며
남은 정열 불태우리라.

어느덧 해가 서산에 걸리면

울긋불긋 물들어가는
산천과 더불어 하나 되리라.
하나가 되리라.

어둠의 장막이여,
천지간에 드리워지면
마침내 나도 두 눈을 감고
미동도 아무런 느낌도 없이
숨이 절로 끊어지는
'적멸(寂滅)'이란 궁전에 들리라.

-2023. 11. 07.

그대 미소(微笑)

지금껏 살아오매 나는,
그대 미소 같은 미소 짓지 못했네.

그대가 한 번 미소 지으매
내 가슴에 백련(白蓮) 한 송이 솟고

그대가 또 한 번 미소 지으매
내 마음에 어둠, 어둠이 걷히네.

그대 미소는 소리 없이
동이 트는 여명이요,

그대 미소는 잔잔하게 새겨지는
내 마음의 무늬로다.

－2023. 11. 24.

갈림길에서

이리 갈까? 저리 갈까?
결정해야 하는 순간마다
최종 목적지 떠올리세.

아차 하면 험난하고
옳거니 하면 순풍에 돛단 듯
길이 다를 터이니

이리 갈까? 저리 갈까?
선택해야 하는 순간마다
나를 먼저 생각하세.

돌아보면 순간, 순간이
결정하고 선택하며
살아온 갈림길

더러 망설여지고
더러 긴장되는 갈림길

아닌 게 없네.

-2023. 12. 01.

반신반의(半信半疑)

빵 반쪽
포도주도 반 잔

성탄절마다 성체(聖體)를
먹고 마시면서도

반신반의하는 나는
눈시울이 붉어지는데

전신전령(全身全靈) 믿어 의심치 않는
너는 눈물이 없네.

−2023. 12. 26.

성탄절에

빵이 예수의 몸이 되고
포도주가 그의 피가 되는 순간
한 편의 시(詩)가 허허벌판에서 아침 해처럼 솟고
그를 핏덩이처럼 두 손에 받쳐 든 나는
부들부들 떨며 서 있다.

−2023. 12. 30.

섣달 그믐날 밤에

예전 같으면
집 안 구석구석 등불 밝히고
잠을 자지 않은 채
새해 첫날을 맞이했었는데
이제는 그 경건도, 그 신비도 다 사라져버렸네.

초저녁부터 잠이 든 나는,
어렴풋이 들리는 전화벨 소리에
깨어 일어나 보니
전화는 끊어졌고,
술 마시면 시도 때도 없이
횡설수설하는 '장' 시인이로구나.

아마도, 섣달 그믐날 밤에
식구들이 모여
얘기꽃 피우며
또 한 잔 마셨겠지.
그게 아니라면

누군가와 밤늦도록 술잔 기울이며
시시껄렁한 시(詩) 얘기로 말다툼 벌였겠지.

내 굳이 전화 걸지는 않으나
새해 복 많이 받으시고,
댁내 두루 평안하시기를 축원하네.
그대 덕분에 나는,
네 시간가량 선정(禪定)에 들었다가
새해 첫날 이른 아침
어둠 속으로 일출 산행 나서네.

-2024. 02. 10.

늙은 무소의 다짐

무소의 뿔처럼
여기까지 홀로 왔으나
이제는 겁이 나기도 함을 부인할 수 없다.
뿔이 무디어지고
약해졌기 때문일까?
지금껏 두려움을 모른 채
담대하게 헤쳐 왔듯이
사자 무리의 기습공격으로
비록, 힘에 부쳐 쓰러질지라도
담대하게 나아가세.
여기서 돌아서는 것은
나답지 않음일세.

-2024. 02. 11.

정릉천 풍경

포근한 봄기운은
겨우내 움츠러들었던 사람들을 밖으로 불러내고
잠자는 만물을 흔들어 깨운다.

땅속의 미물들이 꿈틀대고
사람들의 종아리에서도 윤기가 돌며
물길을 오르내리는
정릉천 청둥오리 가족도 분주하다.

이리 봄기운이 드리우니
천지간에 숨결이 돌고 돌아서
묵은 나뭇가지에서는 새순이 돋아나고
그 못생긴 사람 얼굴에서도 웃음꽃이 핀다.

-2024. 02. 17.

*2024년 2월 17일 토요일 낮 최고기온이 섭씨 10도가 웃돌아 따뜻하게 느껴졌다. 오후 서너 시경 '정릉시장'을 중심으로 정릉천 산책로 주변으로 사람들이 쏟아져나온 듯 북적였다. 벤치마다 노인들로 붐비고, 어린아이들을 양육하는 젊은 부모들까지 아이들을 데리고 온 가족이 총출동한 듯 보였다. 커피숍에도 앉을 자리가 없고, 커피 한 잔을 주문해도 일이 밀려 상당한 시간이 걸린다. 그동안 추워서 나오지 못하다가 봄 기운이 완연해지니 집 안에 머물지 못하고 밖으로들 일제히 나온 것 같다. 모처럼 북적북적 사람 사는 동네 같았다. 그 틈에서도 정릉천 청둥오리 가족은 물길을 오르내리며 연신 물속으로 머리를 박아댄다. 그렇듯, 봄기운은 사람들을 밖으로 불러내고, 천지간에 숨결을 불어넣어 만물을 약동(躍動)하게 한다.

가시와 솜털

온몸에 돋아난 그의 가시
누구에게는 솜털이 되고

부드럽게 감싸주는 그의 솜털
누구에게는 가시가 되네.

날카로운 가시를
무엇이 부드럽게 쓸어 눕히고

부드러운 솜털을
무엇이 날카로이 돋아나게 하는가?

-2024. 02. 23.

*오늘(2024. 02. 23)은 강상기 시인님의 초대로 12시 반경에 '방배동'으로 가서 굴국밥에 내가 좋아하는 만두까지 먹었다. 언제나 그렇듯, 강상기 시인님이 식사비를 쾌히 내셨다. 식후 커피숍에 들러 차를 대접하며 늘 시(詩)에 관한 얘기를 하곤 했었는데 오늘은 어쩐 일인지 건강 관련 대화를 많이 나누었다.

그러던 중, 강상기 시인님의 핸드폰 벨이 울린다. 누군가와 통화를 하는데 상대방이 지금 이곳, 우리가 있는 곳으로 오신다는 내용 같았다. 전화를 끊자마자, 강상기 시인님은 말씀하신다. "서정춘 시인이 지금 이곳으로 오신다"라며, 나더러 만나보고 가라 하신다. 그래서 30여 분 후쯤에 도착한 서정춘 시인님을 뵙고 인사를 나눈 뒤, 원하시는 커피를 주문해 드렸다. 얼마간의 대화가 진행되었고, 마냥 있을 수 없어 양해를 구하고 먼저 나왔다.

짧은 시간이었지만 서정춘 시인님의 첫인상은 소탈했으나 강렬했다. 아무리 못살아도 굽히거나 변질되지 않는, 올곧은 시인으로서의 최소한의 자세와 마음가짐이 그를 지탱해 주는 기둥 같아 보였다.

나는 지하철을 타기 위해 내리막길을 걸어 내려오면서 '온몸에 돋은 가시도 부드러운 솜털이 되고, 부드러운 솜털조차도 가시가 될 수 있다'라는 생각이 문득 스쳤다. 이를 곰곰이 새기면서 충무로 사무실을 거쳐 귀가해서 홀로 술 한 잔 마시며, 이를 습작했다.

'공룡능선'을 추억하다

바람이 불면 부는 대로
눈비 몰아치면 몰아치는 대로
꽃피는 좋은 시절 꿈꾸며
저마다 피를 끓인다.

그러다가 쓰러지는 놈은 쓰러지고
살아남는 녀석은 더욱 옹골차지는
현장(現場) 아닌 곳 없고
주인(主人) 아닌 이 없다.

살다가 죽은, 이 초목을 보라.
죽어서 사는, 저 바위들을 보라.
살아 피눈물 쏟지 않은 이 없고
죽어 장엄하지 않은 이 없다.

-2024. 03. 05.

*공룡능선 : 백두대간에 자리한 설악산 정상(대청봉 : 1708m)의 북쪽에 있는 '마등령'에서 남쪽 '신선암'까지 이르는 능선을 가리키는데 이 능선은 영동과 영서를 나누고, 내설악과 외설악을 가른다. 이 공룡능선은 내설악의 가야동계곡, 용아장성은 물론 외설악의 천불동계곡과 동해까지 조망할 수 있는 험준한 길이다. 강원도 속초시와 인제군의 경계지점에 연속되는 약 5km 구간의 암석 봉우리들이 공룡의 등같이 생긴 데서 유래하여 그 이름이 붙여졌다고 전해진다. 나는 2017년 10월 26일 이 능선을 탔고, 이제야 간밤에 시 같지 않은 이 시를 썼다.

유혹(誘惑)

설악산 중청에서 한계령 삼거리까지 완만한 탐방로 따라 아주 천천히 걷다 보면 나뭇가지 사이로 언뜻언뜻 설악(雪嶽)의 숨겨진 속살이 내비친다. 작은 궁금증 하나가 고개 들더니 그놈의 유혹에 이끌려서 가던 걸음 멈추고 훔쳐보기도 하나 성에 차지 않은 듯 조금이라도 더 높은 곳으로 올라서서 뒤꿈치를 들고 한눈 팔다 보면 모년 모월 모일, 어느 여성이 이곳에서 심장마비로 죽었다는 팻말이 발아래에 있다. 어쩌면, 그녀도 나처럼 그 유혹을 뿌리치지 못하고 마음이 발걸음을 앞질러 갔을 것이다. 그 순간, 들이닥친 암릉(巖綾) 스펙터클에 그만 숨이 멎었으리라. 이제, 나는 안다. 아무렴, 알고말고. 감당할 수 없는 유혹 앞에서는 차라리 눈을 감아야 함을.

-2024. 03. 06.

---

*서북능선 : 설악산의 중청(1664m)에서 끝청(1610m), 한계령삼거리, 귀때기청봉 (1578m), 큰감투봉(1409m), 대승령(1210m) 등에 이르는, 설악산 동쪽에서 서북쪽으로 이어지는 약 13㎞ 정도 되는 산맥으로 남설악과 내설악을 구분하는 경계이다. 나는, 2017년 10월 27일 중청에서 한계령 삼거리까지 걸은 뒤 방향을 틀어 한계령휴게소로 내려왔다.

내게 그리운 것은

정말이지, 내게 그리운, 그리운 것은
높은 곳에, 멀리멀리 있지요.

그래, 다가서기 쉽지 않고
막상, 다가가려면 겁부터 나지요.

그래, 때에 따라서는 평생을 걸고서
하나뿐인 목숨조차 기꺼이 내놓아야지요.

그런 그리움과 눈 맞추는 순간마다
심장은 쭈그러들고 사지마저 굳어버리지요.

이런 관계 아니면 그리운 것 아니고,
이런 상대 아니면 그리워하는 것도 아니지요.

내게 그리운 것은 언제나 그렇게
멀리멀리, 높은 곳에 있습지요.

-2024. 03. 06.

꽃을 보며
-지리산 천왕봉에서 백무동 계곡으로 내려오며

보아주는 이 없어도
알아주는 이 없어도
자기만의 자태로 꽃은 핀다.

첩첩산중 험난한
골짜기 바위틈도 마다하지 않고
자기만의 맵시로 꽃은 피어난다.

사람들도 저와 같아
보아주지 않고 알아주지 않아도
한 사람 한 사람 모두가 꽃이다.

저마다의 빛깔
저마다의 향기로 피어나는
시방 도처(到處)의 꽃이다.

-2024. 03. 15.

되돌아갈 수 없는 길

한눈팔지 않고
앞만 보고 달려왔어도
허전한 것이 꼭 중요한
뭔가를 집에 놓고 나온 것만 같다.

남 부럽지 않게
이룰 만큼 이루었어도
허전한 것이 꼭 필요한
뭔가를 도중에 잃어버린 것만 같다.

그렇게 바쁜 나를
뒤에서 슬그머니 잡아끄는 이 누구인가?
혹시나 뒤돌아보면
걸어온 길이 너무 아득하다.

-2024. 03. 22.

빈 둥지를 들여다보며

동산에 심어 놓은
가녀린 나뭇가지 세 개를 기둥 삼아
낯선 새가 둥지, 둥지를 틀었네.

얼마 전까지만 해도
어미 새가 알을 품고 새끼 기르는가 싶더니
어느새 날아가 버리고 없구나.

하루하루 살아가는 것보다
거룩한 일도 없고
아슬아슬한 일도 따로 없으리니

나도 너와 조금도 다르지 않거늘
우리는 같은 꿈을 꾸며 같은 길을 걷는
천지간에 벗이라네, 벗이라네.

-2024. 03. 21.

지하철

우르르 쏟아져 나왔다가
소리 없이 빨려 들어가는 사람들
오늘도 복잡한 미로를 타고 오르내리는
개미들의 분주한 발걸음

사막의 모래알처럼 쌓여가며
이리저리 쓸려 다니지만
밤낮을 가리지 않고 휘황찬란한
지하 동굴은 부어오른 심장의 혈관이다.

-2024. 03. 22.

'선암매(仙巖梅)'라 했던가

내 백 년도 못 사는데
이미 육백 년을 살았다고?
그놈 참, 신통방통하네.

그래, 지금껏 살면서도
글다운 글 한 줄 쓰지 못했는데
봄마다 눈이 시리도록 꽃을 피웠다고?

허허, 초라해지고 마는 나는
기꺼이 그대 앞에 무릎 꿇고 머리 조아리니
한 수 귀띔 주시게나.

－2024. 03. 24.

---

*나는 어젯밤에 습작한 시를, 안부를 겸해서 몇몇 문사들께 보냈더니 오늘 아침엔 황 시인께서 사진 넉 장을 보내왔다. 그 사진 열어보는 순간, 나는 눈을 감지 않을 수 없었고, 생각하지 않을 수 없었다. 옳거니! 그대 앞에서 내 무릎 꿇고 한 수 가르침을 청하는 것도 무리는 아닐 것이다. 그대 광채가 이미 나를 압도했으니 내 기꺼이 머리를 조아리리라. 이윽고 나는, 눈을 똑바로 뜨고, 그를 올려다보며, 씹던 음식 삼켜 넘기기 전에 그대와 나 사이에 흩어진 어휘들을 이렇게라도 거둬들였노라.

달걀 하나를 손에 쥐고

모르는 사람이
길 가던 내게 달걀 하나를 건네준다.

이것이 무엇이지요?
내일이 예수님께서 부활하신 날입니다.

그런데 왜, 이 달걀을 주지요?
부활의 진리를 믿고, 영생하라는 뜻입니다.

부활을 믿으라고요?
그리고 영생하라고요?

부화(孵化)는 믿어도 부활(復活)은 믿지 못하겠소이다.
영생한다면 그곳이 어디 사람 사는 세상이겠습니까?

죄송하지만 아니 들은 것으로 하겠습니다.
이 달걀, 되돌려 드릴까요?

-2024. 03. 30.

바위들의 노래와 눈빛

지금껏 듣지 못했던 노래가 들리고
지금껏 보지 못했던 눈빛이 보인다.

이제야 내 귀가 열린 것일까?
이제야 내 눈이 뜨인 것일까?

들리지 않던 바위들의 합창이 들리고
보이지 않던 바위들의 열망이 보인다.

저들의 묵언이 풀리어 서로 입을 맞추고
저들의 꿈이 모여 눈을 맞추는 순간

노래는 산세(山勢)를 따라 굽이치고
눈빛은 하나의 열망(熱望)이 되어 솟구친다.

-2024. 04. 05.

정세봉 작가의 빈소에서

산천에 꽃들이 피어나
난리법석(亂離法席)인데

그대는 왕성한, 이 봄기운을
올라타지 못했구려.

깡마른 체구에
담배 커피 맥주로써 힘을 얻고

문장에 돌기를 그려 넣으며
그 숨소리 귀 기울여 들었지.

그래, 거기까지가
당신이 일구어서 지켜낼 수 있었던

당신의 나라.
당신의 꽃밭.

－2024. 04. 07.

우도(牛島) 소섬에서

청정바다 파란 실금으로부터
불어오는 바람결 따라
언덕에 청보리 넘실대고

낮고 검은 현무암 돌담이
노란 유채꽃밭과
집과 집의 경계를 갈라놓으매

이곳이 사람 사는 세상임을,
이곳이 하늘과 바다와 땅이 부리는
선경(仙境) 가운데 선경임을 말해주네.

나도 한때 이곳
수채화 같은 세상 속을 기웃거리며
나른한 봄 햇살 속에서

고소한 땅콩 크림빵에
부드러운 커피 한 잔 마시면서

다시금 기지개를 켜네.

-2024. 04. 21.

_____

우도인(牛島人)의 무덤 앞에서

우도에서 태어나
우도에서 살다가
우도에서 죽은 사람이
묻힌 곳이라네.

봉긋 솟은 흙무덤은
없었던 듯 낮아졌으나
빙 둘러 놓인 검은 돌들이
옛 무덤임을 말해주네.

사람이 죽고 사는 일도
이 무덤과 다르지 않으니
있는 듯 없는 듯이 살다가
봄바람처럼 가볍게 가세.

-2024. 04. 21.

어느 농가의 흐드러진 겹벚꽃 바라보며

그래도 다행인 것은,
다 쓰러져가는 농가 모퉁이에서
오래된 벚나무 두 그루가 경쟁하듯
분홍 하양 겹벚꽃 흐드러지게 피워 놓아
감당할 수 없는 대궐을 이루었도다.

그래도 다행인 것은,
경계(境界)도 없고 차별도 없는
그대 내공(內工)의 덕으로
홀린 듯 넋 놓고 바라보다가
떠날 때를 놓치고 마는 내게 길을 열어주네.

-2024. 04. 22.

산철쭉꽃을 그리며

산중의 누님 같은 꽃이여,
그대 떠나기 전에 꼭 보고자 왔으나
그대는 이미 멀리 떠나버리고
그대가 머물던 자리마다
까만 그리움만 엉글어 있네.

아, 때를 놓쳤구나!
내가 때를 놓쳤구나!
게으른 탓은 아니지만
한눈파느라 때를 놓쳤구나.

언제 보아도 너그러운 그대여,
기다리다가 지쳐 가는 줄도 모르고
서둘러 온다고 왔건만
너는 가고 없구나.
너는 가고 없구나.

속 타는 내 마음 헤아리는지

저 멀리서 뒤돌아보는 것만 같아
순간, 내 헛디디고 마는구나.
헛디디고 마는구나, 이 깊은 산중에서.

-2024. 04. 25.

하늘로 오르는 붕어들

물속에 사는 붕어들이 일렬로 줄지어 하늘로 오르고 있다. 그들의 작은 비늘이 햇빛에 반짝거리는 통에 그 수를 헤아리다가 놓치고 말았다.

저들이 땅에서 남긴 육즙(肉汁)을 마시고 기운을 얻었는데 언젠가 나도 껍데기를 남기고 하늘로 오를지 아니면, 진국을 남기고 껍데기가 반짝이며 오를지는 알 수 없는 노릇이다. 지금껏, 하늘로 오르는 사람을 본 적이 없기에.

극구 사양했음에도 불구하고, 살아있는 붕어를 잡아준 큰처남의 마음 헤아리며, 이들을 정성스레 고와서 먹고 난 뒤의 일이다. 해맑은 날, 하늘을 올려다보면 그 붕어들의 활발한 유영(遊泳)이 보인다.

-2024. 04. 28.

꽃이 진 자리마다

꽃이 진 자리마다
그리움 매어 달리듯
사람이 지고 나면
그가 머물던 자리에는
텅 비어있는 공간 하나 남는다.

그 속은,
박 속과 같아서
적막이 고이어
말을 해도 들리지 않으니
대화가 필요 없다.

그곳의 크기나 깊이는
사람마다 다르지만
간혹, 그곳에
그의 눈빛이 내걸리기도 하고
그의 그림자가 어른거리기도 한다.

때가 되면,
그들조차 말끔히 사라지지만
그곳이 얼마나 그윽한가에 따라서
살아남은 자에게
기억되는 시간이 결정된다.

-2024. 04. 30.

낙타의 눈물

마두금의 구슬픈 연주 들으며
마음이 진정되는 고비사막의 고단한 낙타여,

어찌 된 영문인지
새끼를 외면하던 어미 낙타

귀를 기울여야 들리는,
사막의 울음 같고,

대지의 고동 같은
마두금 연주가 고향의 바람을 풀어놓자

측은지심의 파도를 타고
눈물을 흘리며

새끼에게 젖꼭지를 허락하는
마법 같은 기적이 펼쳐지네.

-2024. 05. 02.

몽골의 전통음악을 들으며 문득

언제나 멀리 있기에 꿈이다.
손에 쥐어지지 않으니 더더욱 꿈이다.
아득하고 그윽하기에 꿈이다.
실현되는 순간, 그것은 이미 꿈이 아니다.

그런 꿈이 있기에 사는 한
고달픔이 있어도 즐겁고
슬픔이 있어도 기쁨이 뒤따른다.
그래, 세상 사는 맛이 더욱 그윽해진다.

높은 곳에서 멀리 내려다보면
대지에 그리움 흐르고 사랑이 꿈틀거리듯
낮은 곳에서 높이 올려다보면
모든 것이 하나 되어 그리운 꿈이 된다.

-2024. 05. 05.

방생(放生)

저기 저곳에 있던 거북이 잡아다가
보란 듯이 여기 이곳에서 놓아주네.

여기 이곳에 있던 잉어 잡아다가
보란 듯이 저기 저곳에서 풀어주네

-2024. 05. 06.

---

*진정한 방생이란 내가 살아가는 동안에 자기 자신을 위한 타자의 생명에게 직간접의
해를 끼치지 아니함이다.

기우(杞憂)

하루가 다르게
난해한 금강경 속으로 빠져드는데
어느새 유월 하순으로 접어들고
연일 낮 최고기온을 경신하며
폭염(暴炎)이 이어진다.

불과 몇 해 전까지만 해도
친절한 재난문자를 받으며
지리산 천왕봉 오르던 호기(豪氣) 부렸었는데
이제는 은근히 걱정이 앞선다.

우리의 안식처인 지구가 받아내는
이 에너지가 언제 어디서 어떻게 변하여
우리에게 다시 안겨 올지를 생각하면
마음 한구석이 편치 않네.

솔직히 말해,
세상에 나온 지 만 27개월 된 손자와

두 달하고 닷새쯤 지나면
또 세상에 나올
손녀 걱정되는 것도 사실이다.

이것이 한낱 지각없는
중늙은이의 기우일까?
나는 쫓기는 듯
자꾸 뒤를 돌아보네.

−2024. 06. 20.

아내와 나

고구마 감자를 한 솥에 넣고 삶았다.
잘 삶아진 감자 고구마를 한 접시에 올려놓고
같이 먹자고 했더니
아내는 고구마에 손이 먼저 가고
나는 감자에 손이 먼저 간다.

감자의 이 부드럽고 담백한 향을
고구마가 흉내 낼 수 없고,
고구마의 이 촉촉하고 달콤한 빛깔을
감자가 대신할 수 없기 때문일까?

세상에서 제일 맛 있는 게 무엇이냐고 물으면,
나는 고작 낮이 가장 긴 하지 무렵에
막 담근 겉절이 김치와 함께 먹는 감자라고 말하고,
아내는 밤이 가장 긴 동지 무렵에
동치미와 함께 먹는 고구마라고 말한다.

우리는 같은 점이 하나도 없는 게 신기할 정도이다.

어쩌면, 그렇게 다르기에 평생 같이 사는지도 모르겠다.
만에 하나, 다른 게 하나도 없다면 어떨까?
나는 그것이 궁금하다.

−2024. 06. 25.

금강경을 읽고

생기는 바 없으니
죽는 일도 없고

일함이 없으니
움직일 리도 없으나

그 안에서는 끊임없이
만물에 만상을 내어놓는다고?

그것은 무엇인가?
눈을 감고 바라보니 허공이로다.

내가 그 만물 가운데 하나이고
내가 죽고 사는 일이 그 만상 가운데 하나일 따름이다.

살아있으면서
그 허공처럼 머물지 말라.

살아있으면서
그 허공과 눈 맞추지 말라.

때가 되면 소리 없이
거두어들일 것이고

때가 되면 소리소문없이
나도 그렇게 허공 되리니.

−2024. 07. 08.

내가 가는 길

적멸(寂滅)은
허공(虛空)의 핵!

허공은 텅 비어있으나
만물 만상을 밀어내듯 내어놓고,

만물 만상은 그 허공 가운데에서
반짝, 얼굴을 내밀듯 드러난다.

그러나 그 순간을 위해
목숨 건다.

칭찬할 것도 없고,
나무랄 것도 없다.

-2024. 07. 18.

천왕봉을 오르기 전 하룻밤 꼬박 새우며

까마득히 잊고 살았던
별들이 밤하늘에 총총하고
밤은 깊어만 가는데 잠이 오질 않아
억지로 눈을 감고 누워있으려니

무성한 숲속에 빗방울 듣는 소리인지
멀리서 폭포수 떨어지는 소리인지
바람에 서걱대는 조릿대잎 소리인지
도무지 분간할 수가 없네.

-2024. 08. 02.

상림숲을 거닐다가 벤치에 앉아서

그렇게 건강하게 살고 싶다면
건강을 꾀하지 말라.
건강하겠다고 맨발로,
수다를 떨며, 두 팔 흔들지 말라.
진정, 건강하게 살고 싶다면
아무 생각 없이 홀로 걸어라.
눈에 들어오는 대로 보고
귀에 들리는 대로 듣고
몸이 느끼는 대로 느끼며
그냥 홀로 걸어라.
그리고 그런 자신조차 잊어버려라.

-2024. 08. 03.

묘한 이치

보려고 애쓰면
늘 있던 것들조차 보이지 않는다.

무심결에 바람처럼 머물 때
보이지 않던 것들이 눈에 들어온다.

참, 묘한 이치로다.
묘한 이치로다.

내게서 무언가 하고자 하는 '내'가 없어져야
세상 속에 숨겨진 세계가 드러나 보이다니

나는 오늘 문득
상림숲에서 깨닫는다.

내게서 무언가 하고자 하는 '내'가 없어져야
저들과 비로소 하나 된다는 사실을.

−2024. 08. 03.

---

*상림숲 : 지금부터 1100여 년 전 통일신라 말기 최치원이 함양 태수로 있을 때, 해마다 하천물이 범람하여 주민들의 생명과 재산을 앗아가자 제방을 쌓아 물길을 돌리고, 나무를 심고 가꾸어 조성된 숲으로 현재는 함양이 자랑하는 휴식처가 되었다.

백련(白蓮)

그 모습이 참, 정갈합니다.
나의 꾀 벗은 모습과는 비할 바 아니지요.

그래, 나는 그대를 떠올리며
내 몸과 마음을 다스리겠습니다.

2024년 8월 2일 무더위 속에서 오른 지리산
천왕봉에서 보았던 구름바다처럼 장엄하지는 않으나

다음날 이른 아침, 상림숲 연지(蓮池)에서 마주친 그대는
내, 마음과 몸을 비추어주는 거울이 되었습니다.

그렇게 가슴 깊이 그대를 품고 품으매
내가 곧 백련사(白蓮寺)가 아니겠습니까?

-2024. 08. 05.

아침

그대 오실 줄 알았어요.
그대 오실 줄 알았어요.
세상 사람들이 하나같이 기다렸어요.

그대 오실 줄 알았어요
그대 오실 줄 알았어요.
산천초목도 하나같이 기다렸어요.

어둠 속에서 동쪽을 바라보았어요.
어둠 속에서 동쪽을 바라보았어요.
세상 만물이 그렇게 기다리고 기다렸어요.

-2024. 08. 09.

가장자리에서

실은, 이대로 끝이라 해도 좋아.
실은, 이대로 끝이라 해도 좋아.

세상 아름다움 다 보았고
세상 슬픔 다 보았으니

더는 욕심이야.
더는 욕심이고말고.

그래서 끝이라는 마음으로
오늘을 시작하자.

-2024. 08. 09.

능소화

저기 저 돌담을 넘어온
화사한 능소화를 보아라.
이 폭염(暴炎)을 마다하지 않고
더욱 뜨겁게 꽃 피우는 까닭이나 물어볼까.

가던 길 멈추고 주저앉은
내게 네게 보란 듯이 염천(炎天)을 녹이어
천연덕스럽게 우아한 자태 드러내 놓는구나.

제아무리 힘들고 어려울지라도
온 힘을 기울여 살아있음이 삶의 바탕이거늘
그대는 너무 나약하지 않은가.

일어나라! 일어나라!
웃으며 내미는 그대 손길 붙잡고서라도
일어서서 가던 길, 마저 가세.

-2024. 08. 13.

동병상련

첩첩산중에서
우연히 만난 꽃 한 송이
어쩌면 그렇게 나를 닮았나요?

이 순간을 위해서
너는 너의 모든 것을 바치고
나는 나의 모든 것을 쏟아붓네.

그럴 수밖에 없는 것이
살기 위해서 죽을 순 있어도
죽기 위해 살진 않잖아요?

첩첩산중에서
우연히 만난 꽃 한 송이
어쩌면 그렇게 너를 닮았나요?

힘들다고 어렵다고
포기할 순 없잖아요?

보아주는 이 없어도 꽃을 피우지요.

-2024. 08. 19.

폭염(暴炎)이 기승을 부리면 부릴수록 매미들이 악을 쓴다.
더는 굼벵이가 아니기 때문이다.

-이시환의 아포리즘aphorism · 248

기다림

하루 이틀 사흘 나흘
초조하게 기다려지는 이 있네.

내 나이 예순 하고도 여덟인데
누구를 그렇게 기다리시나?

출산예정일을 막 넘긴
둘째 손녀라.

세상 살다 보니
이런 일도 다 있네그려.

하루 이틀 사흘 나흘
초조하게 기다려지는 이 있네.

-2024. 09. 05.

동행 (同行)

오늘처럼
산채에 쓸쓸한 소주 한 잔도
달짝지근할 때가 있구려.

누구랑 먹고 마시느냐에 따라
그 쓸쓸함(이) 달콤해지기도 하고,
그 달콤함(이) 쓸쓸해지기도 하지요.

오늘처럼
고즈넉한 이 오솔길조차도
전혀 달갑지 않을 때가 있구려.

누구랑 걷느냐에 따라서
여행길이 마냥 즐겁기도 하고,
더없이 괴롭기도 하지요.

이처럼 함께하는 이가
나의 즐거움 나의 괴로움 결정짓듯이

나는 너의 설렘이나 미움(을) 얼마나 지었을까?

−2024. 09. 22.

차귀도(遮歸島)를 바라보며

제주의 높고 파란 하늘과 흰 구름이
더없이 깨끗하고,

없는 듯 있는 바닷바람과
여전히 따가운 가을 햇살 속에서

초등학교 운동장에 만국기처럼 내걸린
어느 작은 포구마을의 오징어들

그 하얀 알몸이 눈부시구려.
그 알몸의 넋이 눈부시구려.

하, 누가 아는가?
수수 억년 환생(還生)을 거듭하며

하나뿐인 육신을 마다하지 않고 내놓는
그대가 있어 세상사 더욱 그윽해지는지를.

하, 나는 누구이고,
너는 또 누구인가?

파란 바다 위에 떠 있는 차귀도를
온 더 록(on the rock) 삼아 마시며

반쯤 마른
오징어를 씹는다.

−2024. 10. 03.

_____

*차귀도(遮歸島) : 제주도 서쪽 인근에 있는 세계지질공원으로 무인도임. 나는 2024
년 9월 24일 이곳에 배를 타고 들어가 한 바퀴 걸어 돌며 둘러보았다.

차귀도(遮歸島)·1

들어올 때는 마음대로 들어왔으나
나가실 때는 그리 아니 되옵니다.

조금이라도 사악한 마음 품었다면
무사히 돌아갈 수 없사옵니다.

이 땅 이 하늘이 벌써 알아차리고
돌아가는 길 험난하게 막아설 테니까요.

─2024. 10. 06.

_____

*차귀도 지명 유래 전설 차용 : 제주도 산천이 뛰어나므로 인재가 많이 태어나 중국에
반기 들 것을 우려하여 송나라 장수 호종단(胡宗旦)이 제주도로 건너와 섬의 지맥과
수맥을 모조리 끊고 다녔다고 한다. 그 후 배를 타고 서쪽으로 돌아갈 때 매로 변신한
한라산 수호신이 돛대 위에 앉아 돌풍을 일으켜 배를 침몰시킴으로써 호종단이 본국
으로 돌아가는 것을 막았다고 전해진다.

차귀도(遮歸島) · 2

대나무가 많아
'죽도(竹島)'라 불렀던가.

이제는 사람이 살지 않아
더욱 이끌리는 섬

바람에 쓸리는 풀 한 포기
바닷물에 씻기는 돌덩이 하나가

이곳의 어제와 오늘 말해주고
파란 하늘 아래 초록 동산이 수놓는

흰 구름, 흰 구름이
우리의 발걸음 가볍게 하네.

-2024. 10. 06.

차귀도(遮歸島) · 3

더는 사람이 살지 않으나
바람이 내어주는
풀밭 사잇길 따라 걸어가면
이 길이 끝이 날까 돌연, 조마조마해지고
가도 가도 끝이 없을까 궁금해지네.

더는 사람이 살지 않으나
하늘이 내어주는
구름 밭 사잇길 따라 걸어가면
이 길이 문득, 끝이 날까 불안해지고
가도 가도 끝이 없을까 두려워지네.

−2024. 10. 19.

---

*길이 문득 끝이 난다는 것은, 더는 앞으로 나아갈 수 없는 상태를 의미한다. 그것이
어떠한 길이든 그 끝 지점에 당도하면 더는 나아갈 수 없기에 절망적이고 두렵기도

하다. 그렇다고, 가도 가도 끝이 없다면 그것처럼 팍팍한 일도 없을 것이다.

사람이 평생 살면서 스스로 지은 업에 따라 자기 의지에 상관없이 육도 윤회 환생을 거듭한다면 그것 또한 두렵기 짝이 없다. 돌연, 준비도 없이 죽는 일도 두렵지만 죽고 싶어도 죽지 못하고 영원히 산다면 그 또한 심히 두려운 일이다. 차귀도 좁은 풀밭 길을 걸으며 새삼, 사람 사는 '길'을 떠올렸다.

서글픈 오징어 무리여

너희들은 어이하여
속 것까지 다 털린 채 보란 듯이
알몸으로 내걸려 있는가?

높고 파란 가을 하늘 아래
흰 구름조차 무심하구려.

한순간, 식탐에 눈멀고
권력욕에 사로잡혀
한 입 덥석 베어 문 것이 그만
운명을 바꾸어 놓았구나.

아, 서글프도다.
이제, 사람들 입안에서
질근질근 씹힐 후안무치 속살이여.

-2024. 10. 21.

_____

*이 소품을 초등학교 동창인 이봉수 님께 드린다.

가을 햇살 속에 널린 오징어를 바라보며

제주도 서남쪽 끝 작은 포구 마을에
쏟아지는 가을 햇살 속으로
하얀 속살 드러낸 채 내걸린 오징어들

가까이에서 바라보는 이방인마다
이구동성 한마디씩 내뱉는다.
"그놈, 참 먹음직스럽구나."

어부의 손바닥보다 훨씬 커 보이는
실한 오징어들이 반쯤 건조되어
입안에서 촉촉하니 부드럽게 씹힐 것만 같다.

그 곁에 서서 사진 찍으며 군침 흘리지만
가까운 곳에 주인 없어 아쉬운 듯
발길 돌리며 흘끔흘끔 뒤돌아보네.

-2024. 10. 19.

2024년 가을을 보내며

움직임이 멈추고
멈추어 선 것의 빛이 바래고
빛바랜 것의 형태가 와해(瓦解)되고
와해 된 파편이 잘게 부수어져서
바람에 날리는,

이른바, 존재하는 것들이
소멸해 가는 과정을 지켜볼 때
기억에서 하나둘 사라지는 게 의식될 때
혼자라는 사실을 깨달으며 더없이 쓸쓸해진다.
아니, 본래 쓸쓸하지 않은 것 있으랴.

-2024. 11. 13.

고목(古木)

운명처럼 한 자리에 붙박여서
온갖 세상 풍파 다 견디어내고
이 순간 살아있는
수백 년 고목이여,

자랑스럽기도 하고
안쓰럽기도 한 것이
내가 늙은 탓일까?
동병상련(同病相憐)일까?

700년 살아온 너를 우러러보며
70년 지나온 내 발자국 돌아보는데
너는 내 어깨 다독이고
나는 너를 안아보네.

-2024. 11. 17

가을 한가운데에 서서

노랗게 물들어가는 은행잎은 강물이다
빨갛게 물들어가는 단풍잎도 강물이다
이리저리 쓸려가는 낙엽도 강물이다
강물과 강물이 만나는 바다는 울긋불긋하다
가을은 온통 바다
살고자 의욕을 불태우는,
그 지독한 피아(彼我)간의 몸살이다

-2024. 11. 17.

아들에게

아들아,
걱정하지 말아라.

아비는
해가 뜨면서 눈을 뜨고
해가 지면서 눈을 감는다.

아들아,
걱정하지 말아라

아비는
해가 지면서 자리에 눕고
해가 뜨면서 일어난다.

-2024. 11. 18.

전등사에서

부처의 가르침보다
이곳저곳에 고목(古木)들이 더 커 보인다.

대웅전이나 약사전에서 듣는
부처님 말씀보다

온갖 풍파 견디어내며
수백 년씩 살아온 저들의 묵언이 웅숭깊다.

-2024. 11. 21.

───────────────

*전등사 : 서기 381년(고구려 소수림왕 11년) 아도 화상이 창건했다고 전해지는 전
등사는 인천광역시 강화군 길상면 전등사로 37-41에 있으며, 그동안 중수 재건 신
축 등을 거치며, 유서 깊은 전통과 현대가 어우러진 천년고찰이 되었고, 현재는 지장
보살 기도 도량으로 유관 사업(천도재, 49제, 만년위패, 산골장 등)을 중점 벌이고 있
다.

이상기후

작년 12월 남산의 음지는
서릿발에 하얀 눈이 얇게 깔렸던 겨울이었으나
양지에서는 진달래꽃 피고
나뭇가지 새순 돋아나는 봄날이었었지.

올해 11월 22일, 정릉천에는
아직도 애기똥풀, 둥근잎나팔꽃, 만수국이 피어있고,
가새쑥부쟁이, 코스모스도 피어있다.

이틀 후인 11월 24일,
수락산 매월정(梅月亭) 오르는 능선 길에
진달래꽃이 무리 지어 피어있다.

실로, 놀라운 일이다.
저들이 피었다 지는 때를 모르겠는가마는
저들의 생체 시계를 교란하는 이상기후 탓일진대
어찌, 저들을 나무랄 수 있겠는가?

-2024. 11. 25.

폭설(暴雪)

거울답지 않은 거울 어느 날
초저녁부터 굵어떨어져 버린,
밤사이 많은 눈이 내렸다.
아침에 알림 문자 받고서 일어나 보니
오르막이 있는 도로는 주차장 되었고,
인적 끊긴 산길에는
무너지고 부러진 나무들이 길을 가로막는다.
바위와 초목들도 무거운 눈을 뒤집어쓴 채
고개 숙이고 허리를 휘었다.
날카로운 칼바위 능선조차 고분고분해져서
오늘만은 부드럽게 다가선다.
세상은 그렇게 하얗고,
세상은 그렇게 둥글둥글해졌다.
눈을 크게 뜨고 사방을 둘러보아도
눈 덮인 세상은 분명 하나였다.
모처럼 한목소리를 내고,
한마음 한뜻으로,
하나의 세상을 꿈꾸는 것일까?

모난 인간 세상에 부려놓는
하룻밤 폭설의 깨끗한 난장판이다
거꾸로 살아온 내 눈에는
설국(雪國)이 장엄하다.

−2024. 11. 27.

어느 노부부를 생각하며

치매 걸린 아내를
지극정성으로 보살피다가
돌연, 남편이 먼저 돌아가셨네.

부부란 평생을 같이 산 죄로
상대방이 아프면 기꺼이 휠체어를 밀어주다가
먼저 갈 수도 있는 관계.

반세기 넘도록 한마음 한뜻이 되어
더불어 산다는 게
얼마나 무거운 업(業)이던가.

－2024. 12. 03.

자위(自慰)·1

초라한 내 육신의 등잔 속 기름 닳아
바닥을 드러내며 심지가 타들어 가면
작아진 불꽃은 이내 꺼지고 말 것일세

요즈음 하루하루가 다르게 줄어드는
등잔 속 기름 닳는 소리소리 들리는데
그래도 내가 밝히는 방안의 빛 있구나

-2024. 11. 22.

자위(自慰) · 2

자동차 부품마다 정해진 수명 있듯
사람의 오장육부 이 또한 그러한가?
넋 놓고 살다가 보니 구석구석 삐거덕

꼭 오래 사는 것이 능사는 아니건만
어떻게 살아야 잘 살았다 하겠는가?
아무렴, 어떨까마는 그냥저냥 사시게

이제 와 고민한들 무슨 소용인가?
아프면 아픈 대로 안 아프면 안 아픈 대로
살다가 훌쩍 떠나듯 돌아가면 되지요

그렇구나. 그렇다! 별도리 있겠는가?
있어도 고만고만 없어도 고만고만
어차피 살 만큼 살다 미련 없이 가는 것(이여)

-2024. 11. 29.

옛 왕조 유적지를 거닐며

궁전은 무너져서 돌덩이 나뒹굴고
신전(神殿)의 신들은 만백성 저버렸네
산천은 그대로인데 인간영화 무상타

-2024. 12. 02.

내가 꽃이라면

지금껏 살아온 내가, 내가 꽃이라면
과연, 어떤 모양, 어떤 자태일까?

아직도 살 날이 남은 내가 꽃, 꽃이라면
과연, 어떤 향기, 어떤 빛깔일까?

이리저리 상상하며 헤아려 보니
발끝부터 시려, 시려 온다.

감히, 지나온 길이
애틋한 그리움일 수 있을까?

감히, 앞으로 가야 할 길이
잔잔한 미소일 수 있을까?

-2024. 12. 04.

이상정국(異常靖國)

저기도 막장이고 여기도 막장이라
어디로 나아가야 밝은 빛 볼 수 있나?
아뿔싸 가는 곳마다 막혔으니 어이해

이것도 아니 되고 저것도 아니 되고
무엇을 어떻게 하라는 말씀인가?
한심타 대안이 없는 불평들만 무성해

유리 온실 속에서 너무 편히 살았나?
밖으로 뛰쳐나가지 못해서 안달 났네
허허허 나가는 쪽쪽 얼어 죽는 줄 몰라

지금이 봄철인가 여름인가 알 수 없어
여름에 패딩 입고 겨울에 반팔셔츠라
모두가 때를 모를 리 없건마는 이상해

-2024. 12. 06.

제 Ⅱ 부

自恨
李梅窓(1573~1610) 作

東風一夜雨
柳與梅爭春
對此最難堪
樽前惜別人

含情還不語
如夢復如癡
綠綺江南曲
無人問所思

翠暗籠烟柳
紅迷霧壓花
山歌遙響處
漁笛夕陽斜

스스로 후회하며
이시환 우리말 번역

동풍에 밤새도록 비가 내리더니
버들과 매화가 봄을 다투네.
이에 가장 견디기 어려운 것은
술잔 앞에서 안타깝게 헤어짐이네.

뜻을 품고 돌아왔으나 말하지 못함이
꿈 같고 다시 어리석어지는 것만 같아.
'강남곡'을 애절하게 불러도
내 사연 물어 주는 이 없네.

버들에 연기가 드리우니 그 푸른빛이 어두워지고
안개가 매화를 내리누르니 그 붉은빛이 흐려진다.
농부가 부르는 노래 그 울림이 아득하고
어부의 피리 소리 저녁해와 함께 기우네.

✓ 해설

위 작품은 梅窓(1573~1610)의 「自恨」이라는 漢詩 全文으로 보다시피, 오언절구 세 수로 이루어졌다. 그런데 우리말로 번역하기가 쉽지 않다. 조사(助詞)·어미(語尾) 변화(變化)·시제(時制) 등이 발달한 우리말에 비하면 한문에서는 그것이 명료하지 않고 있어도 생략되며, 어순(語順)조차 중국어와도 또 다르기 때문이다. 얼핏 보아, ① 東風 ②惜別 ③江南曲 ④山歌 ⑤漁笛 등 일상적인 용어들이 동원되어 번역이 비교적 쉬우리라 생각되나 전혀 그렇지가 않다. 의미 판단이 모호한, 잘 쓰이지 않는 ①綠綺 ②翠暗 ③紅迷 등 어구와 ①山歌 ②漁笛 등의 비유어(譬喩語)가 숨기고 있는 의미까지도 고려되어야 한다. 게다가, '江南曲'의 내용을 모르면 이 세 수(首)의 유기적이면서도 매끄러운 해석이 불가하다.

「江南曲」은, 唐의 李益(746~829), 南北朝의 柳惲(465~517), 明의 薛蕙(1489~1539) 등의 작품이 전해지고 있으나 여기서는 당대 노래로 유행했던 李益의 「江南曲」을 뜻한다. 그 내용인즉 이러하다. 곧, '여인이 바다 건너 상인에게 마음을 두어 사랑하는데 오히려 근심 걱정만 더해진다. 번번이 그와 만나는 기일을 그르치기 때문이다. 밀물 썰물의 규칙적인 움직임, 그에 대한 믿음을 일찍 알았더라면 그 밀물 썰물과 더불어 마음 줄 것을'이라고 후회하는, 그러니까, 뜻대로 이루어지지 못하는 사랑에 대한 여심(女心)이 반영된 내용이다.

매창의 「自恨」도 「江南曲」의 주인공이 갖는 후회(後悔)·원망(怨望)·번민(煩悶) 등의 심사(心事)를 드러내었다고 판단된다. 겉으로 노출되지는 않았으나 어떤 현실적인 장애 요인으로 인해 쉽게 이루어질 수 없는, 급기야 헤어질 수밖에 없는 사랑의 아픔을 자연적인 현상에 빗대어 절제된 감정으로 노래하였다.

첫수 1, 2행에서는 자연현상을, 3, 4행에서는 인간사를 대비시켜 노래했고[起·承], 둘째 수 1, 2, 3, 4행에서는 인간사를 노래했다[轉]. 그리고 셋째 수 1, 2행에서 자연현상을, 3, 4행에서 인간사적 자연현상을 각각 노래했다[結]. 자연현상은 있는 그대로의 사실로 존재하는 것들이지만 본래 드러내고자 했던, 숨겨진 의미 곧, 원관념을 숨기고 있는 비유적 표현이다. 그리고 인간사는 시적 화자와 직접 관련된 내용이 첫수와 둘째 수에 표현되었으나 셋째 수의 인간사는 시적 화자와 무관하나 그가 직면한 현실을 암시해 주는 자연적 현상이다.

첫수에서 시적 화자가 사랑하는 대상 곧 객체가 '柳(버들)'라면 그 주체는 '梅(매화)'이다. 그렇듯, 둘째 수에서 '뜻을 품고 돌아왔으나 말하지 못하는 이'는 '柳'이고, '꿈 같고 다시 어리석어지는 것 같다고 느끼는 이'는 '梅'이다. 그리고 악기로 연주하

111

든 노래로 부르든, 진한 빛깔의 아름다운 비단처럼 강남곡(江南曲)을 펼치는 사람 역시 '梅'이다. 그리고 셋째 수에서 버들에 드리우는 '연기(煙)'와 매화를 내리누르는 '안개(霧)'는 둘 사이의 사랑을 방해하는 현실적인 장애 요인으로서 비유어이다. 그리고 멀리서 아득하게 들리는, '논밭에서 즉흥적으로 부르는 농부의 노래'가 '梅'의 것이라 한다면 '저녁 해와 함께 기울어가는 어부의 노래'는 '柳'의 것이다.

세 수 안에서 이런 비유 체계를 이해함이 이 작품을 해석하는 근간(根幹)이다. 첫 수의 '爭'은 사랑하는 두 사람 사이의 열정(熱情)이다. 따라서 '春'은 사랑이다. 그러나 그 사랑의 열정에도 불구하고 안타깝게 헤어지는 것은 현실이다. 이 현실적인 이유에서 헤어질 수밖에 없는 일 곧, 둘 사이의 관계나 운명이야말로 가장 견디기 어려운 일이 될 것이다.

그렇게 헤어졌다가 다시 돌아와 만났으니 이는 분명 꿈 같은 일이고, 다시 만났으나 속내를 속 시원히 말하지 못함은 바보가 됨과 다르지 않다. 이런 답답함과 원망스러움을 강남곡을 연주하며 달래보지만, 누구 한 사람 내게 사연을 물어서 위로해 주지 않는다.

그리하여, 버들은 버들대로 연기가 드리워져 그 선명한 빛깔이 어두워지고, 매화는 매화대로 안개에 갇히어 그 붉은 색조(色調)가 흐려지고 만다. 사랑의 감정이 이런저런 이유로 퇴색해 갔다는 뜻이다. 그렇듯, 농부와 어부라는, 서로 다른 신분과 여건에서 살며 서로를 그리워하며 부르는 노랫소리는 아득히 멀어지고, 지는 해와 같이 쓸쓸히 저물어갈 뿐이라는 심사(心事)이고 내용이다.

이런 정조(情調)·정한(情恨)을 드러내 놓고 있는 작품이 바로 자기 자신을 스스로 원망하고 미워하며 후회하는 「自恨」이다. 한마디로 말해, 이루어질 수 없는, 사랑의 슬픈, 어두운 이야기이다.

-2024. 02. 23.

―――――――

*江南曲
李益(746~829)

嫁得瞿塘賈 / 朝朝誤妾期 / 早知潮有信 / 嫁與弄潮儿

梅窓

仰山 宋鴻訥(1878~1944) 作

一樹葱蘢月影深

曉看紅玉挿珠林

主人不是無芳物

爲爾羅浮夜夜心

창밖 매화나무를 바라보며

이시환 옮김

푸르게 우거진 나무 한 그루에
달빛만 깊게 (드리우고)

동틀 무렵, 바라보니
아름다운 숲속의 홍옥이로다.

주인은 꽃다운 꽃이 없음을
시인하지 않고

너를 위해 밤마다
'나부산'을 꿈꾼다네.

시적 화자는 꽃이 지고 잎이 무성해진, 창밖 매화나무 한 그루를 바라보고 있다. 밤에는 달빛이 깊이 드리우고, 동이 틀 무렵에는 붉은 구슬을 매달고 있는 것처럼 보인다. 하여, 나무들 가운데 홍일점으로 보인다. 비록, 지금은 꽃이 없으나 때가 되면 나부산의 매화처럼 만발하리라 기대하고 밤마다 생각하며 꿈을 꾼다. 분명, 현재는 꽃이 없으나, 있어도 시원찮은 것이지만, 그렇게 생각지 않고, 매화나무의 영화로운 내일을 기대하는 시적 화자의 의중을 드러내었다.

문제는, 중국 나부산(羅浮山:1281.2m)의 매화에 얽힌 이야기를 모르면 공감하기 어려워지는 점이고, '梅窓'이란 시제(詩題)가 시인 자신을 포함한 특정 인물을 암유(暗喻)한 비유어로 쓰였을 수도 있다는 점이다.

나부산은 오늘날 중국의 광동성(廣東省) 增城市와 博羅縣 사이에 있으며, 2013년에 국가급 명승구로 지정되었다. 예로부터 많은 시인(陸賈, 謝靈運, 李白, 杜甫, 李賀, 劉禹錫, 韓愈, 柳宗元, 蘇軾, 楊萬里, 湯顯祖, 屈大鈞 등)이 이 나부산을 소재로 시를 읊었으며, 관련 문장을 남겼다. 이분만 아니라, "師雄夢梅", "東坡啖荔", "安期天飮", "稚川煉丹", "仙凡路別", "花手游會", "洞天藥市", "天龍王夢" 등과 같은 전설(傳說)이 많은, '神奇幽勝, 風流華夏'으로 기록되어 있다. 하지만, 나는 이들 내용을 잘 모르니 '나부산'을 생각하고 꿈꾼다는 말로 얼버무릴 수밖에 없어 유감이다.

그리고 '珠林'이란 시어는 아름다운 숲을 지칭하는 일반적인 시어(詩語)로서 예로부터 많은 시인이 써 왔던 말이다. 굳이, 예를 들어 보이자면 아래와 같다.

唐·陳去疾《憶山中》詩："珠林餘露氣, 乳竇滴香泉."
唐·牟融《題山房壁》詩："珠林春寂寂, 宝地夜沉沉。"
明·王恭《仲夏過靈瑞招提》詩："夜半青山有梵音, 曉携淸興問珠林."
明·王鏊《春芜記·瞽見》："相携素手方丈前, 向珠林且自游衍."
淸·錢謙益《毛子晋六十壽序》："頌其藏書, 則酉陽, 羽陵, 頌其撰述, 則珠林玉海."
元·王沂《送劉子彦應辟》詩："自昔珠林推俊秀, 茂才應制蚤鳴珂."

그리고 '매창(梅窓)'이란 호는, 우리나라 조선 시대에만 이향금(李香今:1573~1610:기녀)을 비롯하여 최세절(崔世節:1479~1535, 문신)·이성윤(李誠胤:1570~1620, 공신, 무신)·정사신(鄭士信:1558~1619, 문신)·조지운(趙之耘:1637~1691, 화가) 등 문헌을 남긴 유명인사가 많다.

江南初春
仰山 宋鴻訥(1878~1944) 作

意初萌氣乍

寒梅腮一兩

老柳眼萬千

嘽欲識深春

爛漫處須從

這裡細心看

강남의 초봄

이시환 우리말 옮김

처음에는 움트는 기운이 일어나는가 싶더니
추위 속에서도 매화가 하나둘 (그) 뺨을 내밀고,
늙은 버드나무도 숱한 새싹을 (밀어낸다.)
왕성한 (생명의) 욕구가 깊어가는 봄을 느끼게 하고
(봄꽃이) 흐드러진 곳을 마땅히 좇아가노라면
그 속에서 봄의 고운 마음 읽는다.

---

* ( )속의 말은 직접 표현된 것은 아니나 넣어 읽어야 시의 맛깔이 살기에 역자가 임
  의로 넣었다.
* 萌=眼
* 嘽欲(탄욕) :욕구가 성한 모습
* '知'를 쓰지 않고 '識'을 썼기에 '느끼게 한다'로 해석하였음.
* '看'은 본다, 관찰한다 등 여러 의미가 있으나 여기서는 '읽는다'가 현대적인 표현이
  된다고 생각했다.
* 仰山 宋鴻訥(1878~1944)의 두 작품의 우리말 번역은 대학 동기생이었던 송우근
  (원불교 신촌교당 교무)의 요청으로 이루어졌다. 그의 증조부이신 분이 바로 송홍
  눌인데 일제 강점기 성주 출신의 유학자로서 『앙산선생문집(仰山先生文集)』 7권,
  『박약록(博約錄)』 11권, 『삼례통찬(三禮通纂)』 12권, 『성주읍지(星州邑誌)』 등이
  있는데 역자는 부끄럽게도 전혀 몰랐다.

해설

　'江南(강남)'이라는 말은 우리도 써왔으나 중국인들도 사용해 왔다. 아니, 강(江)을 경계로 남과 북이 갈라져 있으면 지구촌 어디에서도 쓸 수 있는 말이다. 우리는 한강을 기준으로 그 남쪽을 강남이라고 하고, 그 북쪽 강북이라 해왔다. 중국인들도 양자강(揚子江)을 경계로 그 남쪽을 강남이라고 하고, 그 북쪽을 강북이라고 하긴 하는데 우리와 다르게 국토 면적이 워낙 커서 자연적·행정적·경제적·문화적 차이가 크다고 말할 수 있다.

　여하튼, '강남'이란 일반 사람들이 느끼기에 기후적으로 따뜻해 봄이 되어 꽃이 먼저 피기에 예로부터 시적 소재가 되어서 많은 사람이 즐겨 썼던 말이다. 이 작품에서도 먼저 찾아온 강남의 초봄 기운을 노래하였다. 특히, 옛사람들은 추운 겨울을 이겨내고 먼저 꽃을 피우는 매화(梅花)를 많이 찬미했었고, 버드나무도 곧잘 작품의 중심 소재가 되었다.

　송홍눌의 「江南初春」은 그 전형이라 할 수 있는데 그만큼 옛사람의 정서(情緖)가 고스란히 반영되었다 하겠다. 그런데 특기할 만한 사실은, 언어 표현상의 현대적 감성을 느낄 수 있다는 점이다. 곧, 매화의 꽃이 될 작은 꽃망울을 뺨 '腮'를 써서 의인화했고, 매화와 버드나무의 새순을 밀어내는 봄기운을 '細心'이라 하여 그 고운 마음, 그 부드러운 마음으로 표현한 점 등이다.

九曲棹歌
朱熹(1130~1200) 作

武夷山上有仙灵, 山下寒流曲曲清。欲识个中奇绝处, 棹歌
闲听两三声。一曲溪边上钓船, 幔亭峰影蘸晴川。虹桥一
断无消息, 万壑千岩锁翠烟。二曲亭亭玉女峰, 插花临水为
谁容。道人不作阳台梦, 兴入前山翠几重。三曲君看驾壑
船, 不知停棹几何年。桑田海水兮如许, 泡沫风灯敢自怜。
四曲东西两石岩, 岩花垂露碧㲯。金鸡叫罢无人见, 月满空
山水满潭。五曲山高云气深, 长时烟雨暗平林。林间有客
无人识, 矣乃声中万古心。六曲苍屏绕碧湾, 茆茨终日掩柴
关。客来倚棹岩花落, 猿鸟不惊春意闲。七曲移舟上碧滩,
隐屏仙掌更回看。却怜昨夜峰头雨, 添得飞泉几道寒。八
曲风烟势欲开, 鼓楼岩下水萦回。莫言此地无佳景, 自是游
人不上来。九曲将穷眼豁然, 桑麻雨露见平川。渔郎更觅
桃源路, 除是人间别有天。

*중국 현행표기(簡體) : 중국 바이두 백과사전에서 가져옴.

九曲棹歌
朱熹(1130~1200) 作

武夷山上有仙靈
山下寒流曲曲淸
欲識個中奇絶處
棹歌閑聽兩三聲

一曲溪邊上釣船
幔亭峰影蘸晴川
虹橋一斷無消息
萬壑千岩鎖翠烟

二曲亭亭玉女峰
插花臨水爲誰容
道人不作陽臺夢
興入前山翠几重

三曲君看駕壑船
不知停棹几何年

桑田海水兮如許
泡沫風灯敢自憐

四曲東西兩石岩
岩花垂露碧檻毵
金鷄叫罷無人見
月滿空山水滿潭

五曲山高雲氣深
長時烟雨暗平林
林間有客無人識
矣乃聲中萬古心

六曲蒼屏繞碧灣
茆茨終日掩柴關
客來倚棹岩花落
猿鳥不恨春意閑

七曲移舟上碧灘
隱屏仙掌更回看

却怜昨夜峰頭雨
添得飛泉几度寒

八曲風烟勢欲開
鼓樓岩下水縈回
莫言此地无佳景
自是游人不上來

九曲將窮眼豁然
桑麻雨露見平川
漁郎更覓桃源路
除是人間別有天

아홉 굽이 뱃노래

이시환 우리말 번역

무이산 위에는 신선들의 영이 머물고
아래에는 굽이굽이 맑고 찬 강물 흐르네.
기이하고 빼어난, 경치 좋은 곳을 알고자
한가로이 뱃노래를 좀 들어보네.

첫 곡은 냇가에 떠 있는 낚싯배라.
만정봉 그림자는 맑은 강물에 잠기고
무지개다리는 끊어져 소식 없는데
첩첩이 겹친 골짜기와 많은 산봉우리가 푸른 연기 가두네.

둘째 곡은 우뚝 솟은 옥녀봉이라.
누구를 위하여 (머리에) 꽃을 꽂고 강물을 내려다보는가.
도인은 화려한 단상(壇上)을 꿈꾸지 않으나
신이 나니 앞산의 푸르름만 더해지네.

셋째 곡은 그대 돛단배를 바라봄이라.
노 젓기를 멈춘 지 몇 해나 되었는지 모르겠네.

뽕밭이 푸른 바다 됨과 같구려.
물거품과 바람 앞에 등불, 감히 스스로 가엾게 여기지 않으랴.

넷째 곡은 동서 양안(兩岸)의 바위산이라.
바위 꽃에 이슬 드리우고, 난간에는 풀이 무성하다.
금계는 울음 멈추고, 사람조차 보이지 않는데
빈 산에 보름달 뜨고, 연못에 물이 가득하다.

다섯째 곡은 산은 높고, 구름 기운이 깊음이라.
장시간 안개비 내리니, 평원의 숲은 어두워지네.
숲속에 객이 있어도 알아보는 이 없고
노 젓는 소리 속에는 오랜 세월 변하지 않는 진실 있구나.

여섯 번째 곡은 푸른 병풍처럼 휘감아 도는 물굽이라.
초가집은 종일 사립문이 닫혀 있고
노 저어 객이 오고 바위 꽃이 떨어지는데
원숭이와 까마귀는 놀라지 않고, 봄날의 정취만이 한가롭네.

일곱 번째 곡은 배를 움직이어 모래톱으로 오름이라.
은병봉과 선장봉을 다시 돌아보니

아뿔싸, 어젯밤 산봉우리에 내린 비
절벽의 폭포수에 더해지니 얼마나 차가울까?

여덟 번째 곡은 바람과 연기가 개려 함이라.
'고루암' 아래로 물이 휘감아 돌고
이 땅에 아름다운 경치가 없다고 말하지 마라.
이곳으로부터 여행자는 올라오지 않는다.

아홉 번째 곡은 장차 다하여 눈이 확 열림이라.
뽕과 마가 이슬비에 (젖고) 평원의 강이 보이네.
사공은 무릉도원의 길을 다시 찾으나
여기 이곳 인간 세상 말고 별천지가 있겠는가?

1. 우리나라 기녀 매창(梅窓)의 한시(漢詩)「自恨」을 번역할 때도 절감했지만 작품 원문을 구하기조차 쉽지 않은 환경이다. 이번에 번역한 중국 주희(朱熹)의 「九曲 棹歌」는 더 말할 것 없이 시 전문을 국내에서 구하기 어려워 중국 바이두 백과사전에서 복사해 왔고, 古典 詩를 전문으로 다루는 사이트에 게시된 것과 비교 확인하였다. 그러함에도 불구하고, 시 10수 가운데 세 곳이나 다른 한자가 있음을 지각했는데 아직도 어떤 것이 원문인지 단정 짓기 어려워 보인다. 따라서 원문 확인작업이 필요하다.

2. 누가 유명한 한시(漢詩)를 번역해 인터넷에 올리면 무단 복사해 가서 자신이 번역한 양 조금씩 바꾸어 재게시하는 행위가 허다히 벌어지는 상황이다. 이때 역자 이름을 밝히면 도둑질(표절)이라는 사실이 드러나게 되기 때문에 많은 사람은 자기 이름을 밝히지 않고 게시함으로써 자기가 번역자라는 사실을 은연중 슬그머니 노출한다. 그래서 본인은 반드시 「이시환 번역」이라고 밝힌다. 다른 저작물인 시(詩)도 마찬가지이다. 부디, 그러한 일이 없기를 기대한다.

3. 「九曲棹歌」 작품에 대해서는 별도로 해설을 하고 싶은 욕구가 생겼다. 번역하면서 느낀 바이지만 주희 선생이 워낙 젊찮고, 직업적인 시인들과 다르게 허풍 떨지 않고, 과장하지 않으며, 매우 현실적인 인물로 지성을 갖추었다는 점을 시를 통해서 느꼈기 때문이다.

4. 문장이란 조사 하나를 넣고 빼도, 말의 앞과 뒤를 바꿔치기해도, 어휘 선택에도 아주 적확한 것이 있고 없으매 비슷비슷하나 엄연히 그 격이 다른 법이다. 문장의 맵시를 느끼면서 일독해 주기를 바란다.

중국 주희(朱熹)의 「九曲棹歌」는 우리나라에 널리 알려졌으나 시 전문조차 보기 어렵고, 우리말 번역도 또한 없어 보인다. 지난 2019년 3월에 고교 동창 반원들과 함께 우이산 기행을 다녀왔는데 그때 7박 8일 여행 기획안을 본인이 짤 때 이 작품 원문을 중국 바이두 포털사이트 백과사전에서 복사해 여행자 프린트물로 제공했었으나 우리말 번역까지는 하지 못했었다.

그런데 지난 2024년 4월 25일에 임홍락 선생께서 동류 연구자들과 우이산 기행을 다시 가면 좋겠다는 의견을 전화로 피력해 와 만약, 함께 다시 간다면, 차제에 그때 못했던 번역을 하자는 생각에서 4월 26일부터 시작해 29일 초벌구이 번역을 마치고, 30일부터 관련 주석을 달기 시작했다.

✓ 해설

1. 「九曲棹歌」는, 남송(南宋)의 대 유학자인 주희(朱熹:1130~1200)가 1184년에 친구들과 함께 유람하고서 지은 7배율(排律)의 연작시로 모두 10수이다. 武夷山을 읊고 노래한 작품들 가운데에서 가장 먼저 나온 작품으로 武夷山 계곡 아홉 굽이를 개괄하고, 묘사하여, 그려낸, 뛰어난 작품으로 평가받고 있다.

2. 한 행(行)에 일곱 자(字) 4행씩으로 짜이는 칠언절구(七言絶句)의 시가 모두 10수(首)인데 제일 앞에 놓인 '서시(序詩)'에서부터['序詩'라고 제목이 붙여진 것은 아님] 제 일곡(一曲)으로부터 제 구곡(九曲)까지이다.

3. 서시(序詩)를 제외한 아홉 수가 똑같이 그 첫 행 첫 두 음절이 '一曲·二曲·三曲·四曲·五曲·六曲·七曲·八曲·九曲'으로 시작하는데 이때 '曲'은 노래 곡이기도 하고, 동시에 무이산(武夷山) 계곡 하류를 흐르는, 성촌(星村)에서 승진동(升眞洞) 무이궁(武夷宮) 앞까지 흐르는 물길의 아홉 굽이를 말하기도 한다.

4. '一曲'은 강[川]과 내[溪]를 끼고 있는, 깊고 깊은 산골의 고즈넉한 자연 풍경을 묘사했다. 낚싯배(釣船)와 끊어진 무지개다리(虹橋)와 만정봉(幔亭峰), 그리고 골짜기의 연무(翠烟) 등이 동원되어 매우 정적인 분위기를 잘 그려내었다. 오늘날 사람들은 이곳을 '승진동(升眞洞)'이라고 한다.

5. '二曲'은 우뚝 솟은 '옥녀봉(玉女峰)'을 소재로 노래했는데 의인법(擬人法)을 써서 누군가를 기다리는 여성으로 빗대었다. 실제로, 옥녀봉은 강가에 높이 솟아있는데 누군가를 기다리는, 키가 큰 사람처럼 보인다. 웅장한 기세로 보아 남성적인 이미지가 강하나 중국에서는 여성으로 보았으며, 망부석(望夫石)으로도 볼 수는 있을 것이다. 그리고 후반부는 이와 대비시켜 도(道)를 구하는 사람의 입장을 드러내었다. 곧 안빈낙도(安貧樂道)를 추구하는 이도 경치 좋은 곳에 드니 신이 나듯이 앞산의 푸르름이 더해진다고 말함으로써 '도인(道人)'의 경지도 점차 깊어감을 암시했다고 볼 수 있다.

6. '三曲'은 정박 중인 돛단배를 바라보며 일어난 시적 화자의 심상을 중심으로 드러
내었다. 배가 얼마나 낡았는지 뽕밭이 푸른 바다가 되는 세월이 흐른 것 같다고 했
으며, 여기서 바로 그 배를 통해서 인간 존재를 떠올렸는데 그것은 물거품과 같고,
바람 앞에 놓인 등불로 빗대어지면서 스스로 가련하다고 인지했다. 결과적으로,
정박 중인, 아니, 멈추어선 낡은 돛단배를 통해서 인간 존재의 덧없음, 곧 무상함
을 노래했다고 볼 수 있다. 오늘날 사람들은 이곳을 '선조대(仙釣臺)'라고 한다.

7. '四曲'은 오늘날 '대장봉(大藏峰)'이 있는 '금계동(金鷄洞)'을 노래했다고 하는데,
실경산수(實景山水)처럼 객관적으로 묘사했다. 그 묘사한 대상들의 조합(調合)이
매우 뛰어나다. 곧, 강 양쪽으로 높은 바위산이 이어지고, 그 바위산에 이슬을 머
금은 꽃이 피었으며, 바위 난간에는 풀이 수염처럼 길게 자라나서 무성하다. 그리
고 꿩 같은 야생 닭[金鷄]도 울음을 멈추고, 사람조차도 보이지 않는다. 이런 조합
은 적막(寂寞)이 감도는 무인지경 속 자연 그대로인데 점입가경(漸入佳境)으로 텅
빈 산에 보름달이 떠 있고, 연못에는 물이 가득하다. 사람 살아가는 모습은 초라해
보이지만 자연은 흠잡을 수 없을 만큼 넉넉하다. 완벽한 풍요를 그려내고 있다. 이
런 정황은 분명 있는 그대로 자연의 모습이지만 이것이 환기해주는 의미는 정말
크다. 곧, 적막을 완벽하게 이루었는데 그 적막은 단순 적막이 아니다. 그 속에는
생명의 움직임이 깃들어 있다. 그래서 적막은 또다시 살아있는 것들을 밀어내 활
발한 움직임을 보일 것이다.

8. '五曲'은 전반부에서 높은 산에 구름이 짙게 깔려 안개비가 오래오래 내리고 아래
평지의 숲은 더욱 어둑어둑해지는 단순 사실을 기술했다. 후반부에서는 객(客)이
숲속을 거닐어도 알아보는 이가 없고, 노 젓는 소리를 들으며 만고심(萬古心)이 인
다고 했는데, 이 만고심이 대대로 내려오는 인간의 보편적인 수심(愁心)인지 아니
면, 오랜 세월이 흘러도 변하지 않은, 이곳 산천(山川)과 함께해온 주체로서의 소
임을 다한 모습으로 배와 노(櫓)의 진실인지 알 수 없으나 필자는 후자로 풀이하였
다. 오늘날 사람들은 이곳이 바로 '무이정사(武夷精舍)' 주변이라고 말한다.

9. '六曲'은 푸른 병풍을 휘감아 도는 듯한 만[灣]·초가집[茆茨]·사립문[柴]·손님
[客]·암화(巖花)·원숭이[猿]·까마귀[烏] 등의 다양한 소재가 동원되었는데 한가하
고 고적한 산골의 초가집 풍경을 노래했다. 곧, 초가집의 사립문은 닫혀 있고, 소
리 없이 바위 꽃이 떨어진다. 그래도 원숭이와 까마귀는 아랑곳하지 않고 놀라지
도 않는다. 사람의 움직임보다는 산골의 원시적 자연 모습이 있는 그대로 묘사되
었다. 묘사된 자연적 정황이 환기해주는 세계가 웅숭깊다. 오늘날 사람들은 이곳
이 '선장봉(仙掌峰)'이라고 한다.

10. '七曲'은 모래톱으로 배를 정박시키고, 지나온 '은병봉(隱屛峰)'과 '선장봉(仙掌峰)'을 되돌아보면서 어젯밤에 내린 비로 절벽의 폭포수가 더 많이 더 차갑게 떨어지리라고 생각한다. 오늘날 사람들은 이곳을 '석당사(石唐寺)'라 한다.

11. '八曲'은 '고루암(鼓樓岩)'을 휘감고 지나가는 물굽이를 바라보며 참 아름답다는 생각을 다시 한다. 그러면서 이곳에서부터는 여행자들이 올라오지 않는다고 말한다. 그만큼 깊고 험한 오지라는 뜻일 것이다. 다시 말해, 특별히 마음먹고 노력하지 않으면 올 수 없는 곳이라는 뜻이다. 그런 숨겨진 곳, 다시 말해, 쉽게 찾을 수 없는 곳이라는 뜻이다. 사람이 도(道)를 구하는 길, 곧 그 과정도 이와 같다고 암시하는 것만 같다.

12. '九曲'은 조금 더 가면 정상(끝)에 도착하여 전망이 확 트여 천하를 선명하게 내려다볼 수 있다고 말한다. 다분히 중의적인 해석을 八曲과 함께 할 수 있다. 봉과 마(麻)가 이슬에 젖고, 아래 강물이 조용히 흐르는, 이곳이야말로 바로 사람들이 꿈꾸며 찾는 무릉도원(武陵桃源)이라고 한다. 오늘날 사람들은 이곳을 '성촌(星村)'이라 한다.

13. 이 작품은 도교(道敎)의 가치관이 녹아들었다. 그 근거는 '신선(神仙)'과 '도인(道人)'이라는 시어(詩語)도 시어이지만 자연 친화적이고, 안빈낙도를 추구하는 시적 화자의 태도이다. 과거 중국에서는 유불선(儒佛仙) 삼교(三敎)를 통합하려고 많은 애를 썼다. 그때 유교는 '明倫'이요, 불교는 '見性'이고, 선교(仙敎)는 '保命'이라고 간단명료하게, 아니, 통쾌하게 정리했었다. 보명(保命)의 핵심이 바로 신선이 되는 것이고, 신선이 되기 위해서는 무릉도원을 꿈꾸며 자연 속에서 안빈낙도하는 것이었다. 이런 맥락이 말해준다.

14. 이 작품은 깊은 산골의 거시적인 풍경보다는 구체적인 정황 묘사력이 뛰어나고, 그 묘사된 정황으로써 환기(喚起)·암시(暗示)하는 바 그 심미적 세계가 매우 깊다. 四曲과 六曲이 그 증거이다.

15. 시어(詩語)로 쓰인, 고유명사는 武夷山·幔亭峰·玉女峰·隱屛峰·仙掌峰·鼓樓岩 등이고, 자연 구성요소로는 山·寒流·晴川·萬壑千岩·翠煙·飛泉·林·雨·雲·平林·平川·岩花·灣·灘·溪·猿·鳥·潭·落花·金鷄·桃園·滿月·泡沫 등이 쓰였다. 그리고 인간 삶과 관련된 요소들로 茆茨·柴·乃聲·灯·釣船·駕壑船·虹橋·棹歌·桑麻·漁郞·君·道人·客 등이다.

16. 朱熹는 武夷山에 武夷精舍를 짓고, 무이산 구곡계의 풍광을 중심으로 노래한

7언절구 10수를 1184년도에 연작했는데 394년 시차를 두고 조선의 이이(李珥:1536~1584)는 황해도 해주 고산 석담에 석담정사(石潭精舍)를 짓고 1578년도에 「고산구곡가(高山九曲歌)」를 지었는데 그 형식과 창작 배경 목적 등에서 주희와 주희의 작품을 존숭하고 모방했으나 한시(漢詩)가 아닌 시조(時調) 형식을 취했다. 그 뒤로 우리 문학계에서는 '구곡(九曲)'이란 단어가 적잖이 차용되었다.

17. 회화(繪畫) 부문에서도 이성길(李成吉:1512~1621)의 「무이구곡도(武夷九曲圖:1592)」, 姜世晃(1713~1791)의 「武夷九曲圖卷」, 김홍도(1745~1806?)의 세화(歲畫) 가운데 「주부자시의도(朱夫子詩意圖:1800년)」 등이 있다. 물론, 중국에서도 무이산(武夷山) 구곡(九曲)을 그린 무이구곡도(武夷九曲圖)는 많다. 상해 박물관에 소장된, 明代 화가인 丁云鵬(1547~1628)의 「武夷九曲圖」가 유명하다.

18. 필자는 14항의 내용과 관련 관심이 크며, 높이 평가하고 싶다.

-2024. 04. 02.

_____

* 무이산(武夷山) : 중국 남동부를 대표하는 명산으로 장시성(江西省)과 푸젠성(福建省)의 북서쪽이 만나는 지점에 있고, 전형적인 '丹霞地貌'로 유명한 관광지이다. 예로부터 불교(佛敎) 선종(禪宗) 스님들이 수도하던 곳이고, 유교(儒敎) 학자들이 도교(道敎)를 기반에 두고 강의하던 곳으로 유명하다. 2,527종의 식물과 약 5,000종의 야생동물이 서식하고 있으며, 주봉(主峯)은 黄岗山(2,158m)이며, 世界文化 & 自然 遺産으로 등재되었으며, 중국 國家AAAAA級 旅游景區이다.
사계절이 뚜렷한 중부 아열대 기후로 사계절 내내 비교적 균일하고 온화하며 습하고 연간 평균 기온은 섭씨 12~13도, 1월 평균 기온은 약 3도, 극한 최저 기온은 -15도에 달할 수 있으며, 7월 평균 기온은 23~24도. 연간 강수량은 2000mm 이상이며, 연간 상대 습도는 85%로 높고 안개가 긴 날은 100일 이상이다.
'대표적인 景點'으로 ①九曲溪 ②天游峰 ③一线天 ④紫陽書院 ⑤水簾洞 ⑥大紅袍 등을 들 수 있고, 대표적 문화유산으로 ①古閩族文化 ②古漢城遗址 ③鵝湖書院 ④道敎洞天 ⑤武夷宮 등을 들 수 있다. (서원 유지 35곳, 고대 서예 기법을 볼 수 있는 摩崖石刻 450개)
* 兩三聲(양삼성) : '兩三聲'이란 낱말은 중국 시가(詩歌)에 많이 쓰이는 말로 두세 가

지 소리라는 뜻으로 '兩三'이란 말 뒤에 聲·人·星·行·片 등의 말이 붙어 '많지 않은, 적은 수량'을 뜻한다.

* 만정봉(幔亭峰) : 대왕봉(大王峰) 북측으로 있고, 산정은 평평하고 거대한 돌이 있으며, 수십 명이 앉을 수 있다.

* 萬壑千岩 : 첩첩이 겹친 골짜기와 많은 봉우리를 뜻하는 '萬壑千峰(만학천봉)'이라는 단어라고 생각하면 크게 틀리지 않는다.

* 蘸 : 담글 잠. 여기서는 '잠기다'로 해석하였음.

* 臨 : 임할 림. 여기서는 '내려다보다'로 해석하였음. 물가에 연해 있다는 단순 사실보다는 '배를 타고 누가 오나?'라고 기다리는 이의 심정과 분위기, 그리고 옥녀봉이 실제로 아주 높이 서 있는 사람 같기에 이를 살려야 했음. 우리의 망부석(望夫石)과 같은 이미지로 보시면 틀리지 않음.

* 陽臺 : 이 '陽臺'가 들어있는 제3수 제3행을 '道人不復荒臺夢'으로 표기한 곳을 보았는데, 필자는 이 작품을 중국 바이두 백과사전에서 복사해 왔고, 그 외에 다른 유관 사이트에서도 다르지 않음을 확인했다. 그러나 원작 원문에 대한 확인작업은 필요해 보인다. 그리고 '陽臺'라 하면 오늘날 햇볕이 잘 드는 베란다(발코니) 정도로 생각해 볼 수 있으나 여기에서는 좋은 조건에 있는 '화려한 무대' 혹은 '壇(단)'이라고 판단했다.

* 興入 : 직역하면 '흥이 들다'이나 우리말에는 '신이 나다'라는 말이 있어 이를 택해 썼다.

* 檻 : 난간 함.

* 毿 : 털 길 삼.

* 乃 : 노 젓는 소리 애.

* 萬古心 : 오래도록 변하지 않고 존재하는 보편적인 마음. 여기에는 인간의 고민, 수심, 진실 등이 있다고 본다.

* 却怜 : 물리칠 각, 영리할 령. '却怜'이란 단어도 중국 고문에서는 많이 사용된 단어임. 그런데 이에 해당하는 우리말이 생각나지 않는다. 그래서 조금 다르지만 '아뿔사'로 번역하였다.

* 鼓樓岩 : 武夷山 36개 봉우리 가운데 하나로 八曲溪 가까이 있음. 바위 사이의 폭포는 비처럼 부려지나 전혀 계류(溪流)에 떨어지지 않으며, '적수암(滴水岩)'이라고도 불린다. 남송(南宋)의 도사(道士) 白玉津이 이곳에 살며 수행했다고 전해진다.

* 隱屏峰 : 武夷山 九曲溪 中段에 있음. 병풍이 숨어 있는 것처럼 숲으로 가려져 있으나 수직 직벽이다. 구름과 안개가 잦은 곳이다.

* 仙掌峰 : 武夷山 六曲溪에 해당하며 거석 위에 손바닥 도장과 같은 모양의 흔적이 있기에 그 이름이 붙여졌다. '쇄포암(晒布岩)'이라는 별칭도 있다.

* '구곡계(九曲溪)'는 무이산맥(武夷山脉)에서 발원하는데 주봉인 황강산(黃岗山) 서남쪽 상류는 울창한 산림을 지나고 강수량이 풍부하다. 그 하류는 성촌(星村)을

지나 무이산(武夷山) 풍경구로 진입하여 9개의 굴곡(曲:냇물이 휘어 돌아가는 곳)과 18개의 만(灣)을 돌고 돌아서 '무이궁(武夷宮)' 앞에서 '숭양계(崇陽溪)'와 합류한다. 그 전체 길이는 약 60km이다. 특히, 성촌(星村)에서 무이궁(武夷宮)까지를 소위, '구곡계(九曲溪)'라 부르며, 좌우 양쪽으로 널리 알려진 절경(絶景)이 있다. 10km가 채 되지 않는데 오늘날 이곳에 가면 뗏목을 타고 내려오는 여행상품이 있다.

* ①道人不復荒臺夢(二曲 3행), ②欲乃聲中萬古心(五曲 4행), ③添得飛泉几道寒(七曲 4행) 등은 필자가 중국 바이두 백과사전에서 복사해온 위 작품과 다르게 표기된 글자가 있는 부분이다. 참고하기 바란다.

登岳阳楼
杜甫(712~770) 作

昔闻洞庭水, 今上岳阳楼。
吴楚东南坼, 乾坤日夜浮。
亲朋无一字, 老病有孤舟。
戎马关山北, 凭轩涕泗流。

*중국 현행표기(簡體)

登岳陽樓
杜甫 作

昔聞洞庭水, 今上岳陽樓.
吳楚東南坼, 乾坤日夜浮.
親朋無一字, 老病有孤舟.
戎馬關山北, 凭軒涕泗流.

* 繁體＝正體

---

* '乾坤'이라는 周易의 키워드가 이 작품 속에도 나옴을 알 수 있다. '晝夜'라는 용어
대신에 '日夜'가 나왔다. '乾＝日, 坤＝夜'라는 인식이 전제되었다. 따라서 '乾坤日
夜'는 陰陽 곧 天地의 조화가 부려짐을 의미한다.

악양루에 올라

이시환 우리말 번역

예로부터 동정호에 대해 들어왔으나,
오늘에야 (비로소) 악양루에 오르네.

오나라와 초나라 동남쪽 경계로,
하늘과 땅, 낮과 밤이 운행되는구나.

가까운 벗은 일자 소식 없고,
늙어 병든 (이 몸만) 외로운 배에 (실려) 있네.

병사는 산 북쪽 관문을 지키고,
(나는) 난간에 기대어 눈물 콧물 흘리네.

-2023. 05. 15.

黄鹤楼

崔颢(唐 詩人, 704~754)作

昔人已乘黄鹤去, 此地空余黄鹤楼。
黄鹤一去不复返, 白云千载空悠悠。
晴川历历汉阳树, 芳草萋萋鹦鹉洲。
日暮乡关何处是? 烟波江上使人愁。

*중국 현행표기(簡體)

黃鶴樓

崔顥 作

昔人已乘黃鶴去, 此地空餘黃鶴樓.
黃鶴一去不復返, 白雲千載空悠悠.
晴川歷歷漢陽樹, 芳草萋萋黃鶴洲.
日暮鄉關何處是? 烟波江上使人愁.

*繁體=正體

황학루

이시환 우리말 번역

옛사람은 황학을 타고 이미 떠나버리고
이 땅에는 황학루만 덩그러니 남아있네.

황학은 한 번 가서 돌아오지 않고
흰 구름만이 천년 세월 싣고 유유히 (떠가네.)

맑게 갠 강변에 한양성 나무들은 뚜렷하고
황학 섬에는 풀꽃들이 무성하구나.

해 질 무렵, 고향으로 (돌아가는) 관문은 어디인가?
저녁 안개 피어오르는 강물이 근심을 더욱 자아내네.

---

* 詩人 崔顥(704~754)는, 지금의 하남성(河南省) 개봉(開封) 출신이나 원적(原籍)
은 博陵 安平(現, 河北省 衡水市 安平縣)으로, 唐代 유명 시인 가운데 한 사람이다.
그는 723년에 進士 시험에 급제하여 太仆寺丞을 거쳐 司勋员外郎을 지냈다.『全
唐詩』에 42수가 수록되었고,『崔顥集』2卷이 전해지고 있다.

* 黃鶴樓는 湖北省 武漢市 武昌區 蛇山 정상에 있으며, 萬里長江이 내려다보인다. 三国 吳 黃武 2年(223년)에 처음 군사 목적으로 건설되었으나 그동안 여러 번 重修되었고, 현재의 건물은 淸代 '同治楼'를 본 따 지은 것이나 1985년에 새롭게 重建되었다. 겉에서 보면 9층으로 보이나 안에서 보면 5층으로 '95'라는 지존의 의미가 숨어 있고, 지붕의 8각 처마들은 학이 날아가는 형상을 취했다고 한다. 1층에는 「白云黃鶴」陶瓷壁画가 있고, 2층에는 「黃鶴楼记」가 대리석 면에 새겨져 있다. 그리고 3층에는 唐宋 유명 화가의 "绣像画"와 崔顥, 李白, 白居易 等의 黃鶴楼 관련 명구가, 4층에는 스크린이 있는 여러 개의 작은 방으로 나뉘어져 있으며, 방문객들이 즐기고 구입할 수 있도록 현대 유명 인사 서예와 그림 등이 전시되고 있다. 그리고 5층에는 《長江萬里圖》와 벽화 등이 진열되어 있다. 중국 10대 역사문화 누각 가운데 으뜸으로 치며, 세칭, '天下江山第一樓'라 불린다. 2007년에 국가 AAAAA급 중점공원으로 지정되었다.

* 2023년 5월 11일, 저의 졸작 시 여남 편에 곡을 쓰신 경남 함안의 이상익 작곡가를 만나 뵈러 갔다가 그의 안내로 「처녀 뱃사공」 노래비와 「岳陽樓」 두 곳을 안내 받았다. 「岳陽樓」에 오르고 보니 당대(唐代) 유명한 杜甫(712~770) 시인의 작품 「登岳陽樓」가 떠오르고, 중국 湖南省 岳陽市 岳陽樓區에 있는, 서기 215년(東漢建安 20년)에 처음 지었다는, '岳陽樓[yuè yáng lóu]' 중국 고대 4대 樓 가운데 하나가 떠올랐다. 중국의 岳陽樓도 洞庭湖와 望君山이 내려다보이는, 전망 좋은 곳에 높고 크게 세워졌는데, 물론, 그 규모나 구조나 창건 시기 등은 비교할 바 아니지만, 우리의 岳陽樓 역시 남덕유산을 발원지로 하는 남강과 그 지류 함안천이 만나는 合水之點, 그리고 너른 草地가 된 앞의 들판과 법수면의 긴 제방(堤坊)이 훤히 내려다보이는 곳에 지어졌다. 중국의 악양루와 달리 인적이 뜸하고, 山水가 어우러진 그림 속 일부로 들어가 잠시 앉아 명상하면 딱 좋은 곳이다.

이런 배경에서 杜甫의 「登岳陽樓」와 崔顥의 「黃鶴樓」 두 작품을 우리말로 번역하며 재음미해 보는 시간을 가졌다.

一字至七字诗

元稹(唐 詩人, 779~831) 作

茶,

香叶, 嫩芽。

慕诗客, 爱僧家。

碾雕白玉, 罗织红纱。

铫煎黄蕊色, 碗转曲尘花。

夜后邀陪明月, 晨前独对朝霞。

洗尽古今人不倦, 将知醉后岂堪夸。

*중국 현행표기(簡體)

一字至七字茶詩
元稹 作

茶
香葉 嫩芽
慕詩客 愛僧家
碾雕白玉 羅織紅絲
銚煎黃蕊色 碗轉曲塵花
夜後邀陪明月 晨前獨對朝霞
洗盡古今人不倦 將知醉後豈堪誇

*繁體＝正體

한 자에서 일곱 자에 이르는 차에 관한 시

이시환 우리말 옮김

차

향기로운 잎 여린 싹

시인이 좋아하고 스님이 즐기는 것

백옥 맷돌에 갈아서 붉은 실 망사로 거르고

황금색 꽃술 (같은) 찻잎 냄비에 끓이면

사발에서는 먼지가 꽃처럼 퍼져나간다.

밤에는 밝은 달맞이하듯 모시고

새벽에는 아침노을 홀로 마주하네.

옛사람이나 지금 사람이나 (삿된 욕심) 씻어내는 일에 게으르지 않게 하고

무릇, 술 취한 뒤에는 그 취기를 다스리네.

위 시는 서기 700년대 말에서 800년대 초 사이에 창작된 것으로 보이는데 보다시피, 구(句) 기준 1자에서부터 2자, 3자, 4자, 5자, 6자, 7자까지 늘어난다. 곧, 제1행만 한 구(句)이고, 제2행부터 제7행까지는 똑같이 2구씩으로 되었는데 각 구가 2, 3, 4, 5, 6, 7자씩으로 늘어났다. 이처럼, 외형적인 모양새를 구축했는데 이것도 수사학적으로 보면, 일종의 점층법이다. 시적 화자의 차(茶)에 관한 생각이 점진적으로 깊어감을 형식적으로 드러내었고, 동시에 내용 면에서도 그러하기 때문이다. 한마디로 말해, 양적인 점층이 질적인 점층으로 이어졌다는 뜻이다. 고대에 이런 모던한 기법을 사용했다는 점에서, 바꿔 말해, 기교를 부렸다는 점에서 놀라지 않을 수 없다.

차와 관련 일반적인 세평(世評), 차 끓이는 절차, 차 마시는 시간과 분위기, 차의 효능까지 두루 개괄된, 차를 예찬하는 단순 구조의 단순한 내용이지만 그 언어 표현에 품격이 있는 문어(文語)가 쓰여 각별한 맛을 낸다. 예컨대, 雕, 曲塵花, 邀陪, 堪誇 등의 비유어가 그들이다. 그래서 우리말 번역하기가 여간 까다롭지 않다. 일평생 차를 마시고 산 사람 가운데 한 사람으로서 이 작품을 번역해 대단히 기쁘다. 미진하지만 이렇게라도 번역하는데 金奴 작가와의 다담(茶談)이 크게 도움 되었음을 밝힌다.

-2024. 10. 08. 역자 씀.

喜园中茶生
韦应物 作

洁性不可污，为饮涤尘烦。
此物信灵味，本自出山原。
聊因理郡馀，率尔植荒园。
喜随众草长，得与幽人言。

*중국 현행표기(簡體)

喜園中茶生
韋應物 作

潔性不可汚
爲飲滌塵煩

此物信靈味
本自出山原

聊因理郡余
率爾植荒園

喜隨衆草長
得與幽人言

*繁體＝正體

기쁨의 동산에 자라는 차나무

이시환 우리말 번역

깨끗한 성품이라 더럽힐 수 없어
마시어 티클 같은 잡념 씻어내네.

이것은 실로 신령스러운 맛인데
본래 산과 들에서 나고 자람이라.

(내) 한가한 틈을 내어
묵은 뜰에 대충 심어두고서

즐거이 기다렸더니 무리 지어 싹이 자라나서
이 은둔자에게 말을 걸어오네.

-2024. 09. 23.

对酒忆贺监 二首
李白(701~762) 作

其一
四明有狂客, 风流贺季真。
长安一相见, 呼我谪仙人。
昔好杯中物, 翻为松下尘。
金龟换酒处, 却忆泪沾巾。

其二
狂客归四明, 山阴道士迎。
敕赐镜湖水, 为君台沼荣。
人亡余故宅, 空有荷花生。
念此杳如梦, 凄然伤我情。

*현행 중국 표기(簡體)

對酒憶賀監 二首

李白(701~762) 作

其一

四明有狂客 風流賀李眞

長安一相見 呼我謫仙人

昔好盃中物 今爲松下塵

金龜換酒處 卻憶淚沾巾

其二

狂客歸四明 山陰道士迎

敕賜鏡湖水 爲君台沼榮

人亡餘故宅 空有荷花生

念此杳如夢 凄然傷我情

*繁體(正體)

술잔을 마주하며 '하감'을 추억하다 · 두 편

이시환 우리말 번역

그 하나

사명에 미치광이 있으니
풍류객 하계진이라.

장안에서 딱 한 번 만났는데
나를 두고 '귀양 온 선인'이라 불렀네.

옛날엔 술을 (참) 좋아했었는데
오늘은 소나무 밑에 (한 줌) 흙이 되었구나.

금 거북으로 술을 내었었는데
잠시 생각나느니 눈물이 수건을 적시네.

그 둘

미치광이 풍류객이 사명으로 돌아가고
고향은 도인을 맞이하였다.

임금의 명으로 (산기슭 연못), 경호를 하사받고
그대는 누각에서 산천의 아름다움 누렸네.

사람은 죽고 고택을 남겼는데
빈터엔 연꽃이 자라나 있다.

이를 생각하면 아득한 꿈만 같고
처연하니 내 마음만 아프다.

---

* 賀監 : 賀知章 : 약 659 ~ 약 744, 唐代 詩人, 書法家. 그 이름은 '季眞'이요, 늘어서 자기를 스스로 호칭하기를 '四明狂客'이라 하였다. '越中·會稽·山陰·紹興'이라고 불렸던 월주(越州) 출신의 唐代 시인임. 오늘날의 절강성(浙江省) 소흥시(紹興市)임. 『唐書』에 의하면, 그는 몽유병이 있었으며, 도교 사제가 되기도 했으나 왕의 극진한 대접을 받았으며, 86세를 일기로 죽었다고 한다.

月下独酌 四首
李白 作

其一
花间一壶酒, 独酌无相亲。
举杯邀明月, 对影成三人。
月既不解饮, 影徒随我身。
暂伴月将影, 行乐须及春。
我歌月徘徊, 我舞影零乱。
醒时同交欢, 醉后各分散。
永结无情游, 相期邈云汉。

其二
天若不爱酒, 酒星不在天。
地若不爱酒, 地应无酒泉。
天地既爱酒, 爱酒不愧天。
已闻清比圣, 复道浊如贤。
贤圣既已饮, 何必求神仙。
三杯通大道, 一斗合自然。
但得酒中趣, 勿为醒者传。

其三

三月咸阳城, 千花昼如锦。
谁能春独愁, 对此径须饮。
穷通与修短, 造化夙所禀。
一樽齐死生, 万事固难审。
醉后失天地, 兀然就孤枕。
不知有吾身, 此乐最为甚。

其四

穷愁千万端, 美酒三百杯。
愁多酒虽少, 酒倾愁不来。
所以知酒圣, 酒酣心自开。
辞粟卧首阳, 屡空饥颜回。
当代不乐饮, 虚名安用哉。
蟹螯即金液, 糟丘是蓬莱。
且须饮美酒, 乘月醉高台。

*중국 현행 표기(簡體)

月下獨酌 四首

李白 作

其一

花間一壺酒 獨酌無相親

舉盃邀明月 對影成三人

月既不解飲 影徒隨我身

暫伴月將影 行樂須及春

我歌月徘徊 我舞影凌亂

醒時同交歡 醉後各分散

永結無情遊 相期邈雲漢

其二

天若不愛酒 酒星不在天

地若不愛酒 地應無酒泉

天地既愛酒 愛酒不愧天

已聞清比聖 復道濁如賢

賢聖既已飲 何必求神仙

三盃通大道 一斗合自然

但得醉中趣 勿爲醒者傳

其三

三月咸陽城　千花晝如錦
進能春獨愁　對此徑須飲
窮通與修短　造化夙所禀
一樽齊死生　萬事固難審
醉後失天地　兀然就孤枕
不知有吾身　此樂最爲甚

其四

窮愁千萬端　美酒三百杯
愁多酒雖少　酒傾愁不来
所以知酒聖　酒酣心自開
辭粟臥首陽　屢空飢顔回
當代不樂飲　虛名安用哉
蟹螯即金液　糟丘是蓬萊
且須飲美酒　乘月醉高台

＊繁體(正體)

달빛 아래서 홀로 술 마시다

이시환 우리말 번역

그 하나

꽃 앞에 (놓인) 한 병 술
가까운 벗도 없이 홀로 마시네.

잔 들어 밝은 달을 맞이하고
그림자와 마주하니 세 사람이 되었구려.

달은 이미 술 마실 줄을 모르고
그림자는 단지 이 몸을 따를 뿐

잠시 달과 그림자 벗하니
즐거움은 마침내 봄날(의 흥과 운치에) 다다르네.

내가 노래하면 달은 이리저리 돌아다니고
내가 춤추면 그림자는 어지러워하네.

깨어서는 사귀어 함께 즐겁고
취한 뒤에는 각자 흩어지네.

얼음이 얼면 무정하게 떠돌다가
서로 기약하여 (다시) 만나기에는 아득하다.

그 둘

하늘이 술을 좋아하지 않는다면
하늘에 술자리 별이 없었으리라.

땅이 술을 좋아하지 않는다면
마땅히 땅에도 술샘이 없었을 것이다.

하늘과 땅이 이미 술을 좋아하거늘
(내) 술 좋아함이 하늘에 부끄럽지 않구려.

듣자 하니, 맑은 술은 성인에 견주고
도리로 보아도, 탁주는 현인과 비슷하네.

현인과 성인이 이미 술을 마셨으니
어찌, 선인이 술을 탐하지 않겠는가.

서너 잔을 마시면 대도와 통하고
한 말을 마시면 자연과 하나 되네.

다만, 취한 가운데 흥과 멋 부렸어도
깨어서는 전하지 마시게나.

그 셋

삼월에 함양성(이라)
낮에는 갖가지 꽃이 (피어) 비단과 같네.

장차 봄은 홀로 근심하나니
마주할 이와 곧장 술을 마시리라.

막히고 통함과 뛰어나고 어리석음은
일찍이 타고난 (천지의) 조화이다.

한잔 술은 삶과 죽음을 차별하지 않고
만사 평온하고 험난함을 잊게 한다.

취한 후에는 천지에서 벗어나
올연히 홀로 잠들고

있는 내 몸조차 모르니
이 즐거움이 제일 크다.

그 넷

천만 가지 근심 끝내려면
맛있는 술 삼백 잔은 (마셔야 한다.)

근심은 많고 술은 비록 적으나
술이 다하면 근심(도) 오지 않는다.

이를 앎으로써 술에 관한 한 성인이 되고
술을 즐김으로써 마음이 저절로 열린다.

수양(백이 · 숙제)은 밤나무에 누워 변명하고
안회는 번거롭게 굶어 죽었다.

그때는 음주를 즐기지 않고
헛된 명예 추구했다.

게의 집게발이 곧 귀한 술이요
쑥과 명아주가 술지게미였다.

모름지기 맛있는 술을 마시고
달이 떠오르면 높은 집에서 취하리라.

　이백(李白)의 「월하독작(月下獨酌)」 네 수 모두를 번역했다. 이들 작품을 읽으면 이백의 술에 관한 가치관과 술 마시는 양태를 읽을 수 있다. 시제(詩題)에서 드러났듯이 홀로 마신다. 홀로 마시는 술을 두고 요즈음에는 '혼술'이라고 한다. 나도, 어느 때는 독한 위스키 한 잔에 얼음을 띄워 차게 마시고 싶고, 또 어느 때는 고기 안주에 적포도주 한 잔 천천히 마시고도 싶다. 그렇듯이, 어느 때는 시원한 맥주 한잔 벌컥벌컥 마시고 싶고, 또 어느 때는 향기 좋은 코냑 한잔 음미하고도 싶다. 그래, '혼술' 꽤나 좋아하는 편인데도 불구하고 이백처럼 신명(神明)도 없고, 주량(酒量)도 크지 않다.

　그런데 이 작품을 창작한 당대(唐代)의 청련거사(淸漣居士)는 신명도 있고, 주량도 큰 것 같다. 술 마시는 자신과 자신의 그림자와 하늘에 떠 있는 달[月]을 친구로 여기며 홀로 취할 정도로 마시는 것을 보아하니 그는 분명, 술을 지극히 좋아했던 것 같다. 단순히 좋아하였다고 말하기에는 무언가 부족한 것 같다. 깨어있을 때는 만물과 친구가 되고 술에 취해서는 제각각 흩어져 돌아가면 된다는 '주도(酒道)'가 예사롭지 않다. 가히, 그를 두고 하계진(賀季眞)의 말마따나 '귀양온 선인(仙人)'이라 할 만하다.

　이백은 술과 인간의 음주 행위에 대한 의미를 부여했는데 그 수사(修辭)가 보통이 아니다. '하늘이 술을 좋아하고, 땅이 술을 좋아하기에 술 좋아하는 자신이 부끄럽지 않다'라는 점을 전제하였고, '성인(聖人)이 술을 좋아하고, 현인(賢人)이 술을 좋아하는데 선인(仙人)인 자신이 술을 좋아하지 않을 이유가 없다'라고도 했다.

　'하늘이 술을 좋아하지 않는다면 그 하늘에 술자리 별이 없었을 것이고, 땅이 술을 좋아하지 않는다면 그 땅에 술이 솟는 술샘이 없었을 것이라'고도 했다. 그리고 '청주(淸酒)를 성인(聖人)에 빗대고, 탁주(濁酒)를 현인(賢人)에 각각 빗대'었는데 이는 주역(周易)에서 하늘을 성인으로, 땅을 현인으로 빗댄 것과 크게 다르지 않다.

　그렇다면, 선인은 청주 탁주 가리지 않는다는 뜻일까? 우스갯소리지만 퍽 재미있는 작품이다. 그리고 술의 효능에 관해서 말하기를 "서너 잔을 마시면 대도(大道)와 통하고/한 말을 마시면 자연(自然)과 하나 되네."라고 했다. 이렇게 술의 효능에 대하여 간단명료하게 말함을 나는 일찍이 보거나 듣지 못했다. 게다가, "다만, 취한 가운데 흥과 멋 부렸더라도/깨어서는 전하지 마시게나."라고 한, 이 말은 너무나 인간적이다. 술깨나 좋아하는 사람으로서 동감하는 바 크다고 아니 말할 수 없다. 한자(漢字)로는 '취중취(醉中趣)'인데 이 가운데 '취(趣)'에는 실수(失手)·객기(客氣)·호기(豪氣)·흥(興)·운치(韻致) 등이 다 들어있을 것일진대 깨어서는 취중에 있었던 그것들을 전하지 말라는 당부의 말에서 이백의 인간적인 솔직함을 느낄 수 있다.

그리고 이 작품에서는 굵직굵직한 키워드가 적잖이 동원되었는데 '하늘[天]·땅
[地]·성인(聖人)·현인(賢人)·대도(大道)·자연(自然)' 등이 그것이다. 하늘에는 천도
(天道)가 있고, 땅에는 지도(地道)가 있듯이 인간에게는 인도(人道)가 있는데 그 핵
심이 바로 천도와 지도를 본받고 배워 실천하는 인의예지신덕(仁義禮智信德)이라 했
다. 이것은 주역의 십익(十翼)을 저술했다고 전해지는 공자(孔子)의 시각이다. 이분만
아니라, 공융(孔融:153~208)이 지었다는 『與曹操論酒禁書』에 "天垂酒星之燿, 地
列酒泉之郡, 人著旨酒之德(하늘에는 술자리의 별빛이 드리우고, 땅에는 술샘 마을이
줄지어 있고, 사람에게는 술의 덕이라는 뜻이 있다)."이라는 문장이 나오는데 이처럼
이백 시인에게도 당대를 지배해 오다시피 하는 지식(知識)이 공유되었음을 짐작할 수
있다.

그리고 이백은 술을 마시면 취하도록 마시는 취향이 있었던 듯싶다. 그래야 근심
걱정에서 벗어나게 되고, 곤한 잠에 떨어져 자신의 몸조차 망각하는 무아지경의 편안
함이 주어진다고 믿었고, 이를 즐긴 것 같다. 술과 인간의 관계를 이렇게 앎이 곧 술
꾼의 성인 (酒聖) 됨이고, 이를 즐김이 곧 마음의 문을 활짝 열어줌으로 인식했다. 이
것이 이백이 홀로 술 마시기를 즐긴 이유이자 믿음이었다. 하나 더 있다면, 자연과
더불어 취기가 오르면서 더러 흥이 나고 음악을 가까이함으로써 슬픔과 노여움 그리
고 외로움을 떨쳐냄에 있다. 이것이 역자가 그의 시를 번역하며 자연스럽게 알게 된
진실이다.

-2024. 10. 17.
역자 씀.

饮酒·七

陶淵明(약 365~427) 作

秋菊有佳色 裛露掇其英
泛此忘忧物 远我遗世情
一觞虽独尽 杯尽壶自倾
日入羣动息 归鸟趋林鸣
啸傲东轩下 聊复得此生

*중국 바이두에서 복사해온 작품으로 중국 현행표기(簡體)

———————————

* 裛=浥, 泛=汎, 忧=憂, 远=遠, 遗=遺, 觞=觴=古代 盛酒器, 虽=雖, 独=獨, 尽=
  盡, 壶=壺, 动=動, 归=歸, 鸟=鳥, 趋=趨, 鸣=鳴, 啸=嘯, 东=東, 轩=軒, 复=復,
  得=滿足, 復=住, 东轩=官職·官廳, 忘憂物=酒
* 어떤 사이트에서는 '独尽'에서 '尽'을 '进'자로 표기한 곳도 있으나 내용 전개상 옳
  지 않아 보인다.

飲酒·七

陶淵明(약 365~427) 作

秋菊有佳色 裛露掇其英
泛此忘憂物 遠我遺世情
一觴雖獨盡 杯盡壺自傾
日入群動息 歸鳥趨林鳴
嘯傲東軒下 聊復得此生

*繁體=正體

음주 · 일곱 번째

이시환 우리말 번역

고운 빛깔 가을 국화에
이슬 맺히면 그 꽃송이 가려 모아
술에 띄우고
멀찌감치 내 세상 시름 잊는다.
비록, 자작하는 술이다만 한 동이 다 비우고
(마지막) 잔 (마저) 비우면 술병이 스스로 기울어지네.
해가 지면 움직이는 것들이 멈추고
돌아가는 새를 뒤쫓듯 따라가 숲에서 우네.
(나도) 관직에서 눈치 보지 않고 내려와
멋대로 살아가는 현재의 삶에 만족하네.

-2024. 10. 15.

---

* ①괄호 속의 (마지막) ②(마저) ③(나도) 등은 본문에 없으나 이들을 넣어 읽으면 그
뜻이 잘 통할 뿐 아니라 시의 의미가 깊어지기에 역자 임의로 넣은 말임.

春日醉起言志

李白 作

处世若大梦, 胡为劳其生?
所以终日醉, 颓然卧前楹.
觉来眄庭前, 一鸟花间鸣.
借问此何时? 春风语流莺.
感之欲叹息, 对酒还自倾.
浩歌待明月, 曲尽已忘情.

*중국 현행표기(簡體)

春日醉起言志
李白 作

處世若大夢 胡爲勞其生
所以終日醉 頹然臥前楹
覺來眄庭前 一鳥花間鳴
借問此何時 春風語流鶯
感之欲嘆息 對酒還自傾
浩歌待明月 曲盡已忘情

*繁體＝正體

봄날 취중에 깨어서 하는 말

이시환 우리말 번역

세상살이가 큰 꿈과 같거늘
어찌 그 삶을 괴로워하랴.

그래, 종일 취하여
고즈넉이 기둥 앞에서 누워 자고

깨어나 흘끔 뜰 앞을 바라보매
한 마리 새가 꽃밭에서 우짖는구나.

묻건대, 지금 몇 시나 되었는고?
봄바람에 앵무새 소리만 들려오네.

느끼는 바 있어 탄식하며
돌아와 술과 마주하니 (술잔) 저절로 기울어지고

큰소리로 노래 부르며 명월을 기다리는데
노래가 끝나자 이미 세상사 잊었네그려.

-2024. 10. 16.

이 작품을 읽노라면 조금은 슬프기도 하고, 조금은 대단하다는 생각도 든다. 슬프게 느껴지는 까닭은, 취생몽사(醉生夢死) 하듯 고단한 삶을 사는 것 같기 때문이고, 대단하다고 느껴지는 이유인즉, 세상사 초탈(超脫)하여 얼마간의 자유를 누리는 데에 익숙해져 있다는 시적 화자 능력에 관한 판단 때문이다.

취해서 살고 꿈꾸며 죽다시피 살아간다는 취생몽사가 어디 쉬운 일인가? 취해서 산다는 것은 그만큼 세상사에 대해 불평불만이 많다는 뜻일 터이고, 그래도 꿈을 꾸듯 산다는 것은 그 울분이 궁여지책으로 자위(自慰)로 바뀐 상황일 터이기 때문이다. 시적 화자처럼 인생을 일장춘몽(一場春夢)으로 여기고, 낮부터 술을 마시니 취하지 않을 수 없고, 그 취함이 습관이 되면 아무 데서나 누워 잠을 자는, '자유인(自由人)' 같지만 그런 삶을 사는 사람 또한 고달픈 것은 부인할 수 없는 사실이다.

시적 화자가 왜, 무엇 때문에 탄식을 하는지 언어 표현상 드러나 있지 않기에 알 수 없으나 탄식은 술에 취했다가도 깨어나면 다시 술을 부르는 이유가 된다. 그뿐만 아니라, 그 괴로움을 떨쳐내기 위해서 호기(豪氣)를 부려 큰소리로 노래 부르며 밝은 달을 벗 삼아 술 마신다고 해도 한두 번이지 평생을 그렇게 산다고 가정해보라. 이 또한 고역(苦役) 중에 고역이리라.

비록, 노래가 끝날 때쯤이면 '이미 세상사 다 잊었노라'라고 말하나 이는 분명, 자위(自慰)에 지나지 않는다. 애써, 자신의 삶에 의미를 부여하는 태도이자 그 결과이다.

'만취(滿醉)'는 아무나 누리는 게 아니다. 만취를 즐기는 것은 더욱 아무나 누릴 수 있는 일이 아니다. 한숨 쉬며 탄식할 만한 일 때문에 생긴 만취는 흥에 겨워 생긴 만취보다는 못하다. 이 작품에서의 만취 곧 대취(大醉)는 탄식에 기인한 만취로 보이나 되풀이되는 과정에서 어느새 만취를 즐기는 단계에 이른 것으로 판단된다. 홀로 술 마시고, 홀로 취하고, 그 취기로써 홀로 노래 부르고, 홀로 곯아떨어지곤 하는 삶을 산다면 어지간한 내공이 있지 않은 한 건강에도 문제 될 소지가 크다. 이태백 청련거사(靑蓮居士)는 환갑을 넘겼지만 말이다.

이 작품에서 '頹然'이라는 시어는 시적 화자의 현실성을 반영한 말이긴 하나 내용 전개상 적절한 단어는 아니라고 판단된다. 그래서 우리말로 '한적하고 아늑하게'라는 뜻의 '고즈넉이'로 바꾸었다. '花間'을 '꽃밭'으로, '忘情'을 '세상사 잊는다'로 바꾸었다.

그리고 이 작품에 재미가 있는 것은 꽃밭에서 우짖는 한 마리 새를 깨어있는 인간 존재 곧 충신(忠臣)으로 본다면 앵무새는 간신(奸臣)이 된다. 이런 중의적인 표현을 무의식적으로 했는지 모르겠으나 여하튼, 내게는 그렇게도 인지된다.

-2024. 10. 17.
역자 씀.

山中与幽人对酌
李白 作

两人对酌山花开, 一杯一杯复一杯。
我醉欲眠卿且去, 明朝有意抱琴来。

*중국 현행 표기(簡體)

山中與幽人對酌
李白 作

兩人對酌山花開 一盃一盃復一盃
我醉欲眠君且去 明朝有意抱琴來

*繁體=正體

산중 은사(隱士)와 대작하며
이시환 우리말 옮김

두 사람이 마주 앉아 술 마시니
산에는 꽃이 피네.

한 잔, 한 잔, 거듭되는 잔에
내 취해 졸리니 그대는 돌아가시게나.

아침이 밝아 술 생각이 나거들랑
거문고나 안고 오시게.

−2024. 10. 28.

✓ 해설

　이백 시인이 얼마나 술을 좋아하고, 운치 있는 삶을 살았는지 느낄 수 있는, 그 단서가 되는 작품이다. 곧, 한 잔, 한 잔, 거듭되는 술에 취해서 졸리면 잠을 자는 자유분방함이 있고, 날이 밝아 술 생각이 나면 거문고를 안고 오라는, 그의 말속에 몸에 밴 풍류와 여유를 체감하게 한다.

　함께 술 마시는 상대가 누구인지 알 수는 없으나 그는 은둔생활을 하는 선비임이 분명하고, 아마도, 거문고를 잘 타는 사람일 것이다. 이는 '幽人 = 隱士'이라는 시어(詩語)가 말해주고, 아침이 밝아 술 생각이 나거들랑 연주할 수 있는 거문고를 안고 오라는 당부의 말이 그 증거이다.

　만약, 요즈음에 이런 생활을 즐긴다면 칭찬보다는 비난을 더 많이 받을 것이다. 칭찬이라면 "그것도 그 사람의 여유이고 능력이지"라는 말이 대신할 터이고, 비난이라면 "뱃속 편한 사람이야"라거나 "때가 어느 때인데 한가롭게 음풍농월(吟風弄月)이야"라는 말 등이 대신할 것이다. 우리가 옳고 그름을 재는 일도 당대 현실에서 추구되는 공동선(共同善)이나 개인의 가치관이 자연스럽게 자[尺]가 되기 때문이다.

　그래서 이 작품을 두고 누구는 시대정신이 없는, 한가한 음풍농월의 짓이라고 평가절하할 것이고, 또 다른 누구는 삶의 여유와 멋이 물씬 풍기는 풍류(風流)를 즐기는 삶이라고 높이 평가할 것이다. 그러나 분명한 사실은, 인간 존재의 한 유형을 보여주고, 동시에 삶의 한 양태를 보여주는 그 자체로써 새기어 볼 만한 의미가 있다는 점이다.

-2024. 10. 29.

金陵酒肆留別
李白 作

风吹柳花满店香，吴姬压酒唤客尝。
金陵子弟来相送，欲行不行各尽觞。
请君试问东流水，别意与之谁短长。

*중국 현행 표기(簡體)

金陵酒肆留別
李白 作

風吹柳花滿店香 吳姬壓酒喚客嘗
金陵子弟來相送 欲行不行各盡觴
請君試問東流水 別意與之誰短長

*繁體=正體

금릉 선술집에서 떠남을 만류하며

이시환 우리말 번역

버들개지에 바람 불고, 선술집은 술내로 가득한데
술집 여인은 술을 걸러 짜 손님 불러 맛보게 하네.

금릉의 친구들이 와서 서로 배웅하는데
떠나고자 하나 떠나보내지 못하고 각자 술잔만 기울이네.

그대여, 동으로 흐르는 강물에 물어보소.
작별의 마음 함께함이, 누가 (더) 길고 짧은가를.

친구들과 헤어질 시간인데 쉬이 헤어지지 못하고, 떠나야 하는 사람이나 배웅해야 하는 사람들이나 서로가 아쉬워서 선술집에 앉아 술만 마시는 정황이다. 이들의 우정이 매우 각별해 보인다. 이뿐만 아니라, 헤어져야 하는 아쉬운 마음이 얼마나 깊고 큰지 우리가 마시는 술과 동으로 흐르는 강물을 비교해 어느 쪽이 더 길고 짧은지, 다시 말해, 어느 쪽이 더 많고 적은지 물어보라는 과장된 이 말이 술[酒]로 살고 인정(人情)으로 사는 이백(李白) 시인답다.

* 金陵 : 우리는 '금릉'이라고 읽으나 중국인은 [jīn líng]이라고 읽는다. 金陵은 남경 (南京:난징)의 고대 명칭으로서 299년 오(吳)나라 孫權 (182~252이 도시를 처음 건설, 그 후 육조(六朝) 고도(古都)로 중국 정치적 중심지로 발전했다. 중국 동부 장 강(長江) 하류에 있다.
* 酒肆 : 작고 허름한 술집 : 간판도 없이 그저 깃발 하나로 술집임을 표시하는 정도로 작고 허름한 술집이기에 '酒館'과는 다르다.
* 東流水 : 서쪽에서 동쪽으로 흐르는 강물로 장강(長江)을 뜻한다고 볼 수도 있으나 문학적 비유어로 곧잘 사용되어 '흘러가고, 지나가면 다시 돌아오지 못함'을 빗대어 말하는 상관어(相關語)이기도 하다.

把酒问月
-故人贾淳令予问之

李白 作

青天有月来几时, 我今停杯一问之。
人攀明月不可得, 月行却与人相随。
皎如飞镜临丹阙, 绿烟灭尽清辉发。
但见宵从海上来, 宁知晓向云间没。
白兔捣药秋复春, 嫦娥孤栖与谁邻。
今人不见古时月, 今月曾经照古人。
古人今人若流水, 共看明月皆如此。
唯愿当歌对酒时, 月光长照金樽里。

*중국 현행 표기(簡體)

把酒問月
－故人賈淳令余問之

李白 作

青天有月來幾時 我今停盃一問之
人攀明月不可得 月行卻與人相隨
皎如飛鏡臨丹闕 綠煙滅盡清輝發
但見宵從海上來 寧知曉向雲間沒
白兔擣藥秋復春 姮娥孤栖與誰鄰
今人不見古時月 今月曾經照古人
古人今人若流水 共看明月皆如此
唯願當歌對酒時 月光長照金樽裏

*繁體＝正體

술을 마시며 달에 묻는다
-고인이 된 가순(賈淳)이 나로 하여금 묻게 하다

이시환 우리말 번역

푸른 하늘에 달은 언제 떴는가?
나는 지금 술잔을 멈추고 (네게) 묻는다.

사람의 손으로 밝은 달을 붙잡아 둘 수는 없으나
달은 뒤로 물러나 사람을 따르네.

붉은 궁궐을 비추는 거울처럼 밝고 빠르며,
검은 구름 걷히면 맑은 빛을 내뿜는다.

다만, 초저녁에 바다 위로 뜨는 것만 보았으니
새벽에 구름 사이로 잠기어 가는 것을 어찌 알겠는가.

흰 토끼는 가을에서 봄이 돌아오기까지 약 방아를 찧고,
항아 아씨는 외롭게 살며 누구랑 이웃할까?

지금 사람은 옛적의 달을 볼 수 없으나

지금의 달은 옛사람을 비춘 경험이 더해져 왔네.

옛사람이나 지금의 사람이 흘러가는 강물이라면
밝은 달은 두루 이들을 다 본다네.

오직, 원하건대, 노래 부르며 (그대와) 술 마실 때는
달빛이여, (내) 금잔 속까지 길게 비추어다오.

-2024. 10. 31.

✅ 해설

    이 작품을 읽노라면, 나는 '이백(李白)'이라는 옛시인을 다시금 생각하게 된다. 그는, 아름다움이 무엇인가에 관해 깊이 생각하는 '심미의식(審美意識)'이 뛰어나고, 자연현상에 대한 관찰 내용을 인간 심리나 삶의 양태에 연계시켜 인간의 보편적인 정서를 드러내는 과정에서 반영되는 '감각적 인식 능력'이 뛰어나다. 비록, 지구의 위성인 달에 관해 전설적인 내용, 곧 ①흰 토끼가 약 방아를 찧고 ②항아(姮娥)라는 여인이 살고 있다는 내용을 원용(援用)하고 있으나 달이, ①뒤로 물러나 사람을 따른다거나 ②옛사람이나 지금 사람이나 두루 비춘 이력(履歷)을 가졌다거나 ③그 맑고 깨끗한 빛으로 자신의 '금잔' 속까지 길게 비추어달라는 점은 그의 심미의식과 감각적 인식 능력이 섬세하고 뛰어남을 입증한다.

将进酒
李白 作

君不见, 黄河之水天上来, 奔流到海不复回。

君不见, 高堂明镜悲白发, 朝如青丝暮成雪。

人生得意须尽欢, 莫使金樽空对月。

天生我材必有用, 千金散尽还复来。

烹羊宰牛且为乐, 会须一饮三百杯。

岑夫子, 丹丘生, 将进酒, 杯莫停。

与君歌一曲, 请君为我倾耳听。

钟鼓馔玉不足贵, 但愿长醉不复醒。

古来圣贤皆寂寞, 惟有饮者留其名。

陈王昔时宴平乐, 斗酒十千恣欢谑。

主人何为言少钱, 径须沽取对君酌。

五花马, 千金裘, 呼儿将出换美酒, 与尔同销万古愁。

*중국 현행표기(簡體)

將進酒

李白 作

君不見 黃河之水天上來 奔流到海不復廻

君不見 高堂明鏡悲白髮 朝如青絲暮成雪

人生得意須盡懽 莫使金樽空對月

天生我材必有用 千金散盡還復來

烹羊宰牛且爲樂 會須一飲三百杯

岑夫子丹丘生 將進酒君莫停

與君歌一曲 請君爲我側耳聽

鐘鼓饌玉不足貴 但願長醉不願醒

古來賢達皆寂寞 惟有飲者留其名

陳王昔日宴平樂 斗酒十千恣歡謔

主人何爲言少錢 且須沽酒對君酌

五花馬 千金裘 呼兒將出換美酒 與爾同銷萬古愁

*繁體=正體

술을 권하며
이시환 우리말 번역

　황하의 물이 하늘에서 와서 빠르게 흘러 바다에 이르면 다시 돌아오지 못하나니 그대를 만날 수 없네.

　높은 집 거울이 슬프게도 백발을 비추고, 아침에는 검은 머릿결이 저녁에는 백발이 되나니 그대를 만날 수가 없네.

　사람이 살며 뜻을 얻었어도 (그) 기쁨 다하거늘 달을 마주하거들랑 아름다운 술잔을 그대로 두지 말라.

　하늘이 낳은 나의 재능 반드시 쓸모가 있거늘 천금을 헐어서 다 쓰면 다시 돌아오리라.

　양고기를 삶고 소고기를 저미어서 함께 즐겁게 먹자꾸나. 모였으니 모름지기 일차에 삼백 잔은 마셔야지.

　잠부자, 단구생이여, 술을 청하노니 잔을 멈추지 말라.

　그대와 더불어 한 곡 노래 부르노니 그대는 나를 위해 귀 기울여 들어보소.

　호화롭고 화려한 생활도 귀함에 미치지 못하나니 다만, 원하건대 길게 취하되 다시는 깨지 말아라.

　예부터 성현은 다 사라지니 오직 술 마시는 자에게 그 이름이 남을 따름이다.

옛적에 진왕은 평락에서 잔치를 베풀었고, 말술에 수많은 사람이 마음껏 웃고 떠들었다.

돈이 적다고 말하면 주인은 어떻게 해야 하는가? 곧바로 팔아야 하고 손님을 상대로 술을 따라야 하느니라.

아이를 불러 값비싼 말과 가죽옷을 멋진 술로 바꾸도록 부탁해 그대와 함께 모든 근심 녹이리라.

------

* 岑夫子 : 이백 시인의 작품 속에서 여러 차례 등장하는, 이백 시인과 친한 친구이자 당대(唐代) 시인임.
* 丹丘生 : 당(唐)의 유명 은사(隱士)로서 본명이 '元丹丘'이며, 이백 시인과 아주 친한 친구로 알려짐.
* 陳王 : 조식(曹植:192~232)의 별명
* 平樂 : 연회를 베풀던 장소
* 「將進酒」라는 작품은, 이백(李白:701~762) 시인의 것과 이하(李賀:790~816) 시인의 것이 있는데 '勸酒歌'라는 점에서 같으나 그 내용과 분위기 등은 다르다. 그리고 이백의 장진주는 판본이 다양하고(8종 이상) 판본 간 같거나 미미한 차이가 있기도 하다. 역자가 번역 대상으로 삼은 판본은 제 1판본으로 蕭滌非 等이 펴낸 『唐詩鑑賞辭典』(上海, 上海辭書出版社, 1983)이다.

吊屈原赋
贾谊(기원전 200~기원전 168) 作

谊为长沙王太傅，既以谪去，意不自得；及度湘水，为赋以吊屈原。屈原，楚贤臣也。被谗放逐，作《离骚》赋，其终篇曰："已矣哉! 国无人兮，莫我知也。"遂自投汨罗而死。谊追伤之，因自喻，其辞曰：

恭承嘉惠兮，俟罪长沙；侧闻屈原兮，自沉汨罗。造讬湘流兮，敬吊先生；遭世罔极兮，乃殒厥身。呜呼哀哉! 逢时不祥。鸾凤伏窜兮，鸱枭翱翔。阘茸尊显兮，谗谀得志；贤圣逆曳兮，方正倒植。世谓随、夷为溷兮，谓跖、蹻为廉；莫邪为钝兮，铅刀为銛。吁嗟默默，生之无故兮；斡弃周鼎，宝康瓠兮。腾驾罢牛，骖蹇驴兮；骥垂两耳，服盐车兮。章甫荐履，渐不可久兮；嗟苦先生，独离此咎兮。

讯曰：已矣! 国其莫我知兮，独壹郁其谁语? 凤漂漂其高逝兮，固自引而远去。袭九渊之神龙兮，沕深潜以自珍；偭蟂獭以隐处兮，夫岂从虾与蛭螾? 所贵圣人之神德兮，远浊世而自藏；使骐骥可得系而羁兮，岂云异夫犬羊? 般纷纷其离此尤兮，亦夫子之故也。瞝九州而相君兮，何必怀此都也? 凤凰翔于千仞兮，览德辉而下之；见细德之险徵兮，遥曾击而去之。彼寻常之污渎兮，岂能容夫吞舟之巨鱼？横江湖之鱣鲸兮，固将制于蝼蚁。

*현행 중국 표기(簡體)

吊屈原賦
賈誼 作

誼爲長沙王太傅 旣以讁去 意不自得 及度湘水 爲賦以吊屈原 屈原 楚賢臣也 被讒放逐 作 离騷賦 其終篇曰 已矣哉 國无人兮 莫我知也 遂自投汨羅而死 誼追傷之 因自喩 其辭曰 恭承嘉惠兮 俟罪長沙 側聞屈原兮 自沈汨羅 造託湘流兮 敬吊先生 遭世罔極兮 乃殞厥身 嗚呼哀哉 逢時不祥 鸞鳳伏竄兮 鴟梟翱翔 闒茸尊顯兮 讒諛得志 賢聖逆曳兮 方正倒植 世謂随 夷爲溷兮 謂跖 蹻爲廉 莫邪爲鈍兮 鉛刀爲銛 吁嗟默默 生之无故兮 斡棄周鼎 宝康瓠兮 騰駕罷牛 驂蹇驢兮 驥垂兩耳 服鹽車兮 章甫荐履 漸不可久兮 嗟苦先生 獨离此咎兮

訊曰 已矣 國其莫我知兮 獨壹郁其誰語 鳳漂漂其高逝兮

184

固自引而遠去 襲九淵之神龍兮 沕深潛以自珍 偭蟂獺以隱
處兮 夫豈從蝦與蛭蟥 所貴聖人之神德兮 遠濁世而自藏 使
騏驥可得系而羈兮 豈云異夫犬羊 般紛紛其离此尤兮 亦夫
子之故也 瞚九州而相君兮 何必懷此都也 鳳凰翔于千仞兮
覽德輝而下之 見細德之險徵兮 遙曾擊而去之 彼尋常之污
瀆兮 豈能容夫吞舟之巨魚 橫江湖之鱣鯨兮 固將制于螻蟻

*繁體(正體)

굴원 선생을 추모하는 글

이시환 우리말 옮김

가의가 장사왕의 경호원 되어서 이내 강등되어 가는데 마음을 사지 못하였다. (이에) 상수[xiāng jiāng:현재 湖南省에서 가장 큰 강]에 이르러 건너가야 함에 굴원 선생을 추모하며 이 글을 짓는다. 굴원은 초(楚) 나라의 어진 신하인데 참소(해치려고 거짓으로 죄가 있는 것처럼 꾸며서 윗사람에게 일러바침) 되어 자리에서 쫓겨나자 「소란스러움을 떠나며(離騷)」라는 글을 지었는데, 그 끝 구절에서 말하기를 "다 끝난 일이로구나! 나라에 사람이 없어 나를 알아주는 이 없다."라고 했다. 마침내 '멱라(汨羅江:mì luó jiāng:湖南省 平江縣과 汨羅市를 흐르는 강)'강물에 스스로 몸을 던져 죽었도다. 가의가 추모하고 마음 아파하며, 자신을 빗대어서 그 말(追慕辭)을 하련다.

공경과 은혜를 입고, 장사[현재는 중국 호남성(湖南省)의 도시이지만 전국시기(戰國時期)에는 초국(楚國)의 수도였음]에서 벌을 기다리며, 굴원에 관해 얼핏 들으니, 스스로 멱라 강물에 빠져 잠기었다. 상수에 이르러서 흐르는 강물에 띄워 선생께 삼가 조의를 표하네. 법도가 다한 세상을 만나 이내 그 몸을 죽음에 빠

뜨렸네. 소리 내어 울며 슬퍼하도다. 불행한 시기를 맞이하였구나. 난새와 봉황(큰 뜻을 품은 대인)은 숨어 피신하는데 올빼미(간사한 소인배)가 날개를 (활짝) 펴 나는구나. 천하고 어리석은 자가 존경받으며 (전면에) 나타나고, 거짓말하고 아첨하는 자가 뜻을 얻어 지지받는구나. 현인과 성인이 오히려 고달프고, 행동이 바르고 점잖음이 거꾸로 뒤바뀐다. 세상은 고대 은사(隱士), 변수(卞隨)와 백이(伯夷)를 혼탁하다고 말하고, 큰 도둑인 척(跖)과 배신자인 교(蹻)를 청렴하다고 말들 하네. 천하의 보검을 두고 무디다고 말하고, 부드럽고 무딘 칼을 쟁기라고 하니 탄식해야 하지만 (모두가) 쉬쉬한다. 굴원이여, 그대는 아무런 잘못이 없도다. 나라를 떠받들어 이끌어갈 능력 있는 인재를 버리고, 어리석은 자들을 보배로 여기며, 수레에 올랐으나 피곤한 소가 끌고, 곁마(두 마리 이상의 말이 마차를 끌 때 곁에서 함께 끌거나 예비로 따라가는 말)로 절름발이 노새를 쓰며, 천리마가 두 귀를 드리우고, 소금이나 실어 나르는 일을 하네. 소중한 모자를 짚신으로 쓰니 조금씩 앞으로 나아감조차 오래가지 못하리라. (이를) 탄식하며 괴로워하신 (굴원) 선생이여, 홀로 이 재앙에서 벗어났구려.

따져 묻듯 말하건대, 다 끝나도다. 나라는 나를 알아주지 않고,

홀로 답답함을 억누르는데 그 누가 말해주리오? 봉황은 바람에 나부끼듯 높이 날아가고, 오로지 자신만을 이끌고 멀리 가버리네. 깊은 연못의 신령스러운 용은 자기를 소중히 여기어서 아득히 물속으로 들어가 버린다. 수달조차 은신처에 숨어서 둥지는데 어찌 두꺼비 거머리 지렁이 따위를 따르겠는가? 귀중한 성인의 지혜로운 덕은 혼탁한 세상을 멀리하여 스스로 숨는다. 천리마도 굴레를 씌워 묶어 놓으면 어찌 개나 양과 다르다고 말할 수 있겠는가? 어지러운 이 근심에서 영원히 떠났으니 역시 (굴원) 선생의 사연이로구나. 세상을 두루 돌아다니면서 보고 임금을 선택할 일이지 하필이면 이 나라를 품었는가? 봉황이 날면 천 길을 가는데 보아서 덕이 빛나면 아래로 내려가고, 박덕의 험난한 징후가 보이면 일찍이 멀리 치고 가버린다. 저 작고 얕은 못이나 도랑이 어찌 배를 삼킬만한 큰 물고기를 포용할 수 있겠는가? 강호를 가로지르는 철갑상어나 고래(智慧와 德이 많은 大人)가 어찌 땅강아지나 개미 따위(박덕한 小人輩)의 제지를 받겠는가?

−2024. 11. 29.

賈誼(가의)의 「弔屈原賦」는, 詩(시)가 아닌, 楚(초) 나라의 '辭(사)'에 해당하는 '賦(부)'이다. 위 전문에서 확인되다시피 모두 381자이다. 위는 현재 중국 표기법을 따른 簡體(간체) 문장이고, 아래는 繁體(번체) 문장이다. 중국에서는 현재 古文(고문)도 띄어쓰기와 쉼표, 마침표, 물음표, 느낌표, 세미콜론 등 각종 문장 부호를 적극적으로 사용한다. 그래서 읽기 편하고, 해석하기가 조금 수월해진다.

이 작품은, 우리말 번역이 어려운 편에 속한다. 중국 고대 역사와 사회적 통념 등이 반영된 각종 고유명사와 숨은 뜻을 내장한 비유어(譬喩語)를 모르면 온전한 해석이 되지 않기 때문이다. 예컨대, 屈原(굴원)·賈誼(가의)·跖(척)·庄蹻(장교)·莫邪(막사)·周鼎(주정)·汨羅(멱라)·章甫(장보)·長沙(장사) 등이 그것이다. 그리고 평소 잘 쓰이지 않는 漢字(한자)들이 대거 쓰였고, 저자가 즐겨 쓰는 文套(문투)도 있다. 兮(혜)·之(지)·以(이) 등을 자주 사용함이 그 단적인 예이다.

그래서 본문을 해석하면서 생성된 註釋(주석)을 그대로 끝에 붙여 놓았다. 참고하기 바라고, 이 작품의 내용 면에서는 여전히 의미심장한 바 크다. 인간이 옳고 그름에 관한 분별력을 잃거나 정의를 바로 세우지 않으면 그 사회가 부패하게 마련이고, 특히, 국가의 권력자나 사회의 지도층이 不正(부정) 腐敗(부패)하면 그 사회 구성원 모두가 逸脫(일탈)하게 된다. 그래서 역사적 사실이나 사회적 제 현상의 眞僞(진위)를 바꾸어 놓고, 詭辯(궤변)을 늘어놓으며, 결과적으로 바르지 못한 輿論(여론)을 형성함으로써 그 사회나 국가가 바른길을 향해 나아가지 못하도록 발목을 잡는다. 무엇보다 먼저 人事(인사) 行政(행정)이 그릇되어 조직의 합리성과 효율성이 크게 떨어지면 그 나라는 결코 앞으로 나아가지 못한다.

이러한 현실에 직면하여 스스로 강물에 투신하여 죽은 '屈原(굴원)'을 추모하는 글을 굴원보다 140년 늦게 태어난 가의(賈誼)가 써서 당대 사회를 비판하고, 그 글을 강물에 띄워 보냄으로써 굴원에 대한 존경심과 조의를 표하고, 굴원과 크게 다르지 않은 작자 자신의 처지와 심경을 드러내었다고 할 수 있다. 따라서 이글은 기원전 중국 戰國時代(전국시대) 이야기이지만 오늘날 우리에게 환기하는 바 커서 번역 능력이 턱없이 부족하지만 의욕을 내어서 애써 번역하였다. 혹, 소인의 번역 능력이 미치지 못하여 불편하게 느끼는 점이 있다면 지적하여 바로잡는 기회를 주기 바란다.

인간 삶의 조건과 양태는 얼마든지 바뀔 수 있어도 그 조건과 양태에 반영되는 인간의 본능적인 욕구와 심리는 변하지 않는다고 생각한다. 그래서 언제나 역사와 현실을 어떻게 인식하고 판단하는가는 대단히 중요하다. 그에 따라 과거의 잘못을 그대로 답습할 수 있고, 개선하여 크게 달라질 수도 있다. 오직, 실천적인 노력만이 국가와 사회를 변화 발전시키는 원동력이 된다고 믿는다. -역자 이시환

✅ 주석

① 屈原[qū yuán:굴원:기원전 340 ~ 기원전 278] : 戰國時期 楚나라(?~기원전 223) 단양(丹陽) 자귀(秭歸) 출신(현재 湖北省 宜昌市)으로 시인, 정치가로서 활동함. 주요 작품으로「离騷」·「九歌」·「九章」·「天問」등이 있다. 현재 중국에서는, 이 굴원에 대하여 평가하기를 "내정(內政)은 擧賢修法, 외교(外交)는 聯齊抗秦, 문학(文學)은 騷体新詩"라고 기술하고 있다. 楚 나라가 周 나라에 멸망하게 되자 극도의 절망감과 고통에 못 이겨 멱라강(汨羅江)에서 스스로 물에 빠져 죽었다.

② 賈誼[jia yi:가의:기원전 200~기원전168] : 하남(河南) 낙양(洛陽) 출신으로 젊어서부터 재능이 뛰어났다고 한다. 관직으로는 博士, 太中大夫, 太傅 등을 역임했으며, 산문(散文)과 사부(辭賦)를 창작한 정치평론가이자 문학인이기도 했다. 주요 작품인「過秦論」「論積貯疏」「陳政事疏」「吊屈原賦」「鵬鳥賦」등으로 유명해졌다. 양회왕(梁懷王)이 말에서 떨어져 죽자 심한 자책감과 우울증을 앓았으며, 32세를 일기로 죽었다.

③ 長沙王 : 호남(湖南) 장사(長沙)를 수도로 하는 서한(西漢)의 제후국인 장사국(長沙國)의 왕. 모두 38인이 있다.

④ 太傅 : 관직명, 제후나 왕이 행차할 시에 보호 감독하는 직책. 현재의 경호원에 해당함.

⑤ 謫(적) : 貶官(폄관) : 벼슬이나 직위 따위가 낮은 자리로 강등되거나 면직을 당함.

⑥ 湘水(상수, xiāng jiāng) : 현재의 湖南省에서 가장 큰 강으로 동정호(洞庭湖)로 들어가는 물줄기임. 賈誼가 수도 長安에서 長沙로 갈 때 건너야 했던 강임.

⑦ 离騷賦 : 楚 나라에서 유행하던 '辭'인데 후에 '賦'의 효시가 됨. 여기서는「離騷」라는 굴원의 작품을 말함. 현재 중국인들로부터 '중국 고대 애국 시인'으로 칭송받는 屈原이 楚 나라 회왕(懷王) 24~25년(기원전 305~기원전 304)에 창작된 것으로 187행(行) 2474자(字)로 대작(大作)이다. 그 핵심적인 내용은 자신의 정체성, 정치적 신념, 역사적 교훈, 덕치(德治) 등으로 요약되는, 자신의 정치적 이상세계를 드러내었다.

⑧ 汨羅(멱라) : 중국 발음으로는 [MiLuo]. 물 이름. 湘水支流, 현재 湖南 岳阳市 境内.

⑨ 造(조) : 到(도). 託(탁) : 托(탁).

⑩ 罔极(망극) : 준칙이나 법칙이 무너진 상태.

⑪ 伏竄(복찬) : 잠복(潛伏), 피신(避身).

⑫ 鴟梟(치효) : 올빼미를 지칭하며, 상서롭지 못한 새[鳥]로 인식되었고, 소인배를 빗댄 객관적 상관물로 보면 틀리지 않음.

⑬ 翱翔(고상) : 날개를 펴 날아다님. 소인배가 뜻을 얻고 승진하는 인간사를 빗댄 말임.

⑭ 闒茸(탑용) : 작은 문에 작은 풀이 남. 천하고 어리석은 사람을 지칭함.

⑮ 讒諛(참유) : 헐뜯고 아첨함. 거짓말하여 참소나 하고 아첨하는 간신배를 지칭함.

⑯ 逆曳(역예) : 거꾸로 끌어내림.

⑰ 倒植(도식) : 거꾸로 심음. 위상을 전도시켜 위를 끌어내리고 아래를 위로 올리는 인사(人事) 행위.

⑱ 隨(수) : 변수(卞隨[biàn suí] : 상조(商朝) 은둔(隱遁) 현사(賢士)

⑲ 夷(이) : 백이(伯夷) : 상말(商末) 孤竹國(河北 盧龍) 사람. 변수와 백이 두 사람의 이름이 거론되는 것은 고대 현인(賢人)을 대표하는 상징적인 인물로 얘기되어 온 데에 연유한다.

⑳ 跖(척) : 춘추시대 魯國(노국) 사람으로 전설적인 대도(大盜)로 알려짐.

㉑ 蹻(교) : 춘추시대 楚國(초국)의 장군이었는데 그 이름은 장교(庄蹻:?~기원전 256). 그는 왕명을 어기고 나라에 큰 피해를 안긴 배신자, 배반자로 '척(跖)'과 함께 얘기되는 대표적인 인물임.

㉒ 莫邪(막사, mò yé) : 춘추시대 말기 오국(吳國) 사람으로 검(劍)을 주조(鑄造)했던 사람으로 유명했던 우장(干將)의 처자(妻子). 여기서는 고대 널리 알려진 보검(寶劍)을 상징적으로 부른 말임.

㉓ 斡棄(알기) : 抛棄(포기)

㉔ 周鼎(주정) : 주(周)나라의 솥, 한 나라나 집안을 떠받들어 이끌어갈 젊은이를 비유적으로 말한 것임, 곧, 동량지재(棟梁之材).

㉕ 康瓠(강호) : 두레박, 물동이. 여기서는 평범하고 어리석은 재주를 가진 사람으로 '용재(庸才)'를 빗댄 말임.

㉖ 罷(파) : 고단하다 피곤하다 疲(피), 憊(비).

㉗ 驂(참) : 4마리의 말이 하나의 수레를 끄는 데 쓰인 곁말.

㉘ 服(복) : 駕(가).

㉙ 章甫(장보) : 고대에 썼던 모자(帽子).

㉚ 荐(천) : 墊(점)

㉛ 履(리) : 鞋(혜), 荐履 : 물 새는 짚신.

㉜ 訊曰(신왈) : 告曰(고왈) : 알고 있는 사실에 대하여 자세히 따져서 캐물음.

㉝ 壹郁(일울, yī yù) : 抑郁(억울) : 억눌리어 답답함. → 憂鬱(우울)

㉞ 漂漂(표표) : 飄飄(표표).

㉟ 九淵(구연) : 深淵(심연).

㊱ 俛(면) : 등지다.

㊲ 系(계) : 노끈 등의 줄로 묶어서 살게 함.

㊳ 羈(기) : 굴레.

㊴ 般(반) : 久(구)

㊵ 紛紛(분분) : 어지러운 모양.

㊶ 尤(우) : 허물, 과실, 원망, 원한. 禍患(화환).

㊷ 相(상) : 考察(고찰).

㊸ 千仞(천인) : 천길 : 말로 표현할 수 있는 가장 높음. 또는 가장 깊음. *一仞 = 七 尺.

㊹ 遙曾擊(요증격) : 날개를 쳐서 멀리 그리고 높이 날아감.

㊺ 尋(심) : 길이의 단위 一尋 = 八尺, 常(상) : 길이의 단위. 一常 = 16尺.

㊻ 汚(오) : 池塘.

㊼ 瀆(독) : 小沟渠.

㊽ 鱣(전) : 철갑상어.

㊾ 鯨(경) : 고래. *鱣鯨 : 大魚(대어). ↔ 螻蟻 : 땅강아지와 개미 : 작고 하찮은 미물 (渺小之物(묘소지물). 결과적으로, 大魚(대어)는 大人(대인)이요, 微物(미물)은 小 人輩(소인배)를 빗댄 비유어이다.

㊿ 固(고) : 本來(본래).

秋声赋
欧阳修(1007~1072) 作

欧阳子方夜读书, 闻有声自西南来者, 悚然而听之, 曰：
"异哉!" 初淅沥以萧飒, 忽奔腾而砰湃, 如波涛夜惊, 风雨
骤至。其触于物也, 鏦鏦铮铮, 金铁皆鸣；又如赴敌之兵,
衔枚疾走, 不闻号令, 但闻人马之行声。予谓童子："此何
声也? 汝出视之。" 童子曰："星月皎洁, 明河在天, 四无人
声, 声在树间。"

予曰："噫嘻悲哉! 此秋声也, 胡为而来哉? 盖夫秋之为状
也：其色惨淡, 烟霏云敛；其容清明, 天高日晶；其气栗
冽, 砭人肌骨；其意萧条, 山川寂寥。故其为声也, 凄凄切
切, 呼号愤发。丰草绿缛而争茂, 佳木葱茏而可悦；草拂之
而色变, 木遭之而叶脱。其所以摧败零落者, 乃其一气之余
烈。夫秋, 刑官也, 于时为阴；又兵象也, 于行用金, 是谓
天地之义气, 常以肃杀而为心。天之于物, 春生秋实, 故其
在乐也, 商声主西方之音, 夷则为七月之律。商, 伤也, 物
既老而悲伤；夷, 戮也, 物过盛而当杀。"

"嗟乎! 草木无情, 有时飘零。人为动物, 惟物之灵 ; 百忧感其心, 万事劳其形 ; 有动于中, 必摇其精。而况思其力之所不及, 忧其智之所不能 ; 宜其渥然丹者为槁木, 黟然黑者为星星。奈何以非金石之质, 欲与草木而争荣? 念谁为之戕贼, 亦何恨乎秋声!"

童子莫对, 垂头而睡。但闻四壁虫声唧唧, 如助予之叹息。

*중국 현행표기(簡體)

秋聲賦

歐陽修(1007~1072) 作

歐陽子方夜讀書 聞有聲自西南來者 悚然而聽之 曰異哉 初
淅瀝以蕭颯 忽奔騰而砰湃 如波濤夜驚 風雨驟至 其觸于物
也 鏦鏦錚錚 金鐵皆鳴 又如赴敵之兵 銜枚疾走 不聞號令
但聞人馬之行聲 予謂童子 此何聲也 汝出視之 童子曰 星
月皎潔 明河在天 四無人聲 聲在樹間

予曰 噫嘻悲哉 此秋聲也 胡為而來哉 蓋夫秋之為狀也 其
色慘淡 烟霏雲斂 其容清明 天高日晶 其氣栗冽 砭人肌骨
其意蕭條 山川寂寥 故其為聲也 淒淒切切 呼號憤發 丰草
綠縟而爭茂 佳木葱蘢而可悅 草拂之而色變 木遭之而葉脫
其所以摧敗零落者 乃其一氣之餘烈

夫秋 刑官也 于時為陰 又兵象也 于行用金 是謂天地之義
氣 常以肅殺而為心 天之于物 春生秋實 故其在樂也 商聲
主西方之音 夷則為七月之律 商 傷也 物既老而悲傷 夷 戮
也 物過盛而當殺

嗟乎 草木無情 有時飄零 人爲動物 惟物之靈 百憂感其心
萬事勞其形 有動于中 必搖其精 而况思其力之所不及 憂其
智之所不能 宜其渥然丹者爲槁木 黟然黑者爲星星 奈何以
非金石之質 欲與草木而爭榮 念誰爲之戕賊 亦何恨乎秋聲
童子莫對 垂頭而睡 但聞四壁虫聲唧唧 如助予之嘆息

*繁體(正體) : 역자가 내용 전개상 단락 구분만 지었음.

가을바람 소리

구양수 作

이시환 우리말 번역

내(구양수)가 바야흐로 밤에 책을 읽는데 서남쪽으로부터 들려
오는 소리가 있어 멈칫멈칫 들으며 말하기를, "이상하구나!" 처
음에는 바람에 나뭇잎 부딪치는 소리가 일더니 갑자기 달리고
뛰어오르며 거칠게 물결치는, 밤에 놀라게 하는 파도와 같고, 비
바람이 몰아치는 것 같다. 물체에 부딪치어 쨍그랑쨍그랑 쇠붙
이들이 다 소리 내는 것 같다. 또한, 적군을 향해 달려가는 것 같
은데 입을 다물고 질주하나 호령하는 소리가 들리지 않고 다만,
사람과 말의 행군 소리만 들린다. (이에) 내가 동자에게 말하기
를, "이것이 무슨 소리인가?" (이에) 동자 나아가 보고서 말하기
를, "하늘에 달과 별이 밝고 깨끗하니 은하가 있을 따름입니다.
사방 (어디에도) 사람 소리는 들리지 않고, 나무 사이에서 (나
는) 소리만 있을 따름입니다."

내가 말하기를, "아하, 슬프도다. 이것이 가을의 소리인데 어찌
하여 왔는가? 무릇, 가을의 참모습이야. 그 빛깔은 서글프나 옅
고, 연무는 날아가 버리고 구름은 감추어져 그 모습이 맑고 밝

으며, 하늘은 높고 태양은 빛난다. 그 기운은 차가워 사람의 살과 뼈를 파고든다. 그 본성은 적막하고 외로우며, 산천이 고요하고 쓸쓸하다. 그러므로 가을은 소리를 내는데 처량하고 절절하게 부르짖는다. 많은 풀은 푸르고 무성하게 자람을 다투고, 무성하고 큰 나무들은 기뻐할 만하나 풀은 이를 거슬러 색이 변하고, 나무는 이를 만나 잎을 떨어뜨린다. 꺾이어 무너지고 떨어지는 것인바 그 가을 기운이 맹렬하다.

대저, 가을이란 '형관(刑官)'이고, '음(陰)'의 때이며, 또한 '병상(兵象)'이라. 오행(五行)에서는 '금(金)'으로 작용하는데 이를 일컬어 천지의 조화로운 기운이라 하나니 차가운 기운이 만물을 움츠러들게 함이 불변의 본분이다. 하늘의 기운이 만물에 임하여 봄에는 낳고, 가을에는 결실을 거두게 되는 고로 그것이 음악에도 있다. '상성(商聲)'은 서방의 소리로서 주인이고, '이칙(夷則)'은 칠월의 율(律)이다. 상(商)은 상함이라 만물은 이미 늙고 슬프게도 애태운다. 이(夷)는 죽임이라 만물은 성함을 지나면 마땅히 죽는다.

아하, 초목은 무정하게 바람에 나부끼다가 떨어지는 때가 있고, 사람은 동물이로되 만물의 영장이라 온갖 근심을 마음으로 느끼고, 만사가 그 몸을 피곤하게 하기에 그 가운데에서 살다 보면 그 정신은 반드시 흔들리게 된다. 하물며, 힘이 미치지 않는 일을 생각하고, 지혜로서 불가능한 일을 걱정함에랴. 그 반들거리는 붉은 빛도 마른 나무가 되고, 검디검은 것도 희뜩희뜩해진다. 어찌, 쇠붙이와 돌이 아닌 초목과 더불어서 영화(榮華)를 다투겠는가. 생각건대, 누가 이를 막겠는가? 역시 가을의 소리를 한탄하지 않을 수 없구나."

동자 대꾸도 없이 머리를 드리운 채 잠을 자는데, 다만, 사방에서 벌레 소리만 찌르르 찌르르 나의 탄식을 부추기는 것만 같구려.

-2024. 12. 14.

✓ 해설

　구양수의 「秋聲賦(가을바람 소리)」를 부랴부랴 번역했다. 이 작품은 내 젊었을 때부터 너무너무 좋아해서 그때 번역에 손을 대었었으나 지금에 와서 다시 보니 너무 가볍고 쉽게 생각했던 것 같다. 그래서 제대로 번역하려고 나랏일이 어수선한 가운데 2~3일을 끙끙거렸다. 그래도 주역(周易)을 헤집고 나온 뒤라 비교적 빨리 이해되었다.

　이 작품은 전체 210자이고, 체제상으로는 ①작품 속 화자(話者)가 동자에게 묻고, ②동자의 답변을 듣고서 화자 스스로 '가을'이란 절기에 대하여 그 분위기와 만물에 미치는 영향, 그 양태, 그 의미 등에 대하여 지식을 총동원하나 함축적으로 말하고, ③마지막으로 자신의 복잡한 심경과는 달리 태평하게 잠들어 자는 동자를 대비시키면서 가을벌레 울음소리를 붙임으로써 끝이 난다. 그리고 소재로는 가을철의 맑고 깨끗한 밤하늘, 달과 별, 차가운 기운과 세찬 바람 소리, 초목들의 변화(변색·낙엽), 그리고 노화와 죽음, 풀벌레 울음, 산천의 스산하고 고요함 등으로 간추릴 수 있다.

　역자가 느끼는 이 작품의 매력은 초입 부분에 나오는 가을바람 소리에 대한 뛰어난 묘사력과 작품 구성 관련 체제에 있다. 가을이라는 절기에 관해 중후반부에서 말하는 철학적 의미 부여는 그의 지식 체계를 말해줄 분 문학적으로 큰 의미가 있는 것은 아니다. 주역(周易)과 도교(道敎)에서 말하는 '가을 기운'이 잘 정리되기는 했다.

　가을은 한자로는 '秋'로 표기하고, 오행 사상으로 보면, 만물을 구성하는 다섯 가지 요소 가운데 단단하고 차가운 '金'에 해당하고, 신체 기관으로는 '肺'요, 색으로는 '白', 소리(音)로는 '商', 신령스러운 동물로는 '白虎', 방위로는 '西'에 해당한다. 그리고 맛으로는 '辛', 감정으로는 '悲', 만물에 미치는 천지 기운의 작용은 '肅殺'이라는 함의를 내재한 단어로 표현된다. 이런 내용이 상당 부분 반영되었다.

　특히, '肅殺(숙살)'이라는 단어의 의미를 풀면, 천지의 차가운 기운이 만물의 호흡에 어려움을 주어 그 기운을 꺾음으로써 오히려 결실(結實)하게 하는, 자연 생명체의 생명 활동 위축 또는 죽음을 초래하는 엄숙한 과정을 주관하는 기운의 작용이다.

　이처럼, 설명을 요구하는 관념어들(刑官·金·商聲·西·夷則·律·陰·兵象 등)이 많이 동원되었다. 쉽게 말해서, 五行(오행)·五音(오음)·五律(오율)·五方(오방)·陰陽(음양) 등에 대해서 모르면 이해하기 어렵고 생경하게 들린 것이다. 이런 맥락에서 보면, 이 작품은 다분히 주역(周易)과 도교(道敎)가 혼합된 중국 철학에 기반을 두었으나 작가 개인의 감각적 인지능력이 뛰어나 정황(情況) 묘사력이 아주 탁월하게 반영되었다.

  작품에서는 초목들의 가을만을 얘기한 것이 아니고, 인생의 가을까지도 언급하여 더욱 그 의미가 깊어졌고, 그 무게감이 실렸다. 가을은 모름지기 조락(凋落)과 결실(結實)을 안기는 죽음의 전단계(前段階)로 누구도 피할 수 없고 막을 수 없는 자연의 이치로 비장미(悲壯美)마저 있다.

-2024. 12. 14.

📋 주석

① 歐陽子 : 作者 자신(문장 속 話者).
② 悚然 : 놀라서 머뭇거리는 모습.
③ 淅瀝 : (xī lì) : 의성어. 눈비 바람 등이 내는 소리.
④ 蕭颯(sà) : 바람이 불 때 나무에서 나는 소리.
⑤ 砯湃(pēng pài) : 澎湃 : 파도 부딪치는 소리.
⑥ 鏦铮(cōng zhēng) : 금속끼리 서로 부딪치는 소리.
⑦ 銜枚 : 고대에 행군하는 군사에게 말하지 못하게 함으로써 소란스러움을 막기 위해 입안에 물리는 도구.
⑧ 明河 : 밝게 빛나는 은하수.
⑨ 噫嘻 : 감탄사.
⑩ 慘淡 : 처량하고 어두우나 색이 없음.
⑪ 烟霏雲斂 : 연기는 날아가고 구름은 사라지다.
⑫ 日晶 : 태양이 찬란히 빛나다.
⑬ 栗冽 : 寒冷 : 차갑다.
⑭ 砭(biān) : 병을 치료하는 데 쓰는 돌침→찌르다, 쑤시다.
⑮ 丰草綠縟 : 빽빽하고 무성하게 자란 푸른 풀의 무성함.
⑯ 葱蘢 : 초목의 번성함.
⑰ 拂 : 吹拂.
⑱ 摧败零落 : 摧折, 凋落
⑲ 刑官 : 주(周) 나라 때 설치한 육관(六官) 중 하나. 天官:冢宰, 地官:司徒, 春官:宗伯, 夏官:司马, 秋官:司寇, 冬官:司空 , 이를 육경(六卿)이라고도 하는데 이것이

수당(隋唐) 이후에는 吏, 戶, 禮, 兵, 刑, 工으로 바뀌었다.
⑳ 肅殺[sù shā] : 가을 되면 차가운 기운이 나무들의 잎을 떨어뜨리고, 사람의 마음과 몸을 위축시키는, 그런 자연 기운을 형용한 말이다. 예로부터, 봄 여름을 양(陽)이라고 한다면 가을과 겨울을 음(陰)으로 빗대어 말해왔고, 오행(五行)과도 연계시키기도 했다.
㉑ 有時 : 고정된 시간.
㉒ 靈 : 영성.
㉓ 感 : 촉감으로 느낌.
㉔ 形 : 형체.
㉕ 中 : 内心.
㉖ 搖 : 撼動.
㉗ 渥然 : 윤택.
㉘ 黟然 : 黑. 星星 : 백발의 희끗희끗함.
㉙ 質 : 인간 육체.
㉚ 榮 : 繁盛.
㉛ 戕賊 : 摧殘.
㉜ 何 : 하필.
㉝ 唧唧 : 벌레 울음소리. 의성어.

* 구양수(歐陽修:1007~1072: ōu yáng xiū) : 字는 永叔 , 아호는 醉翁, 六一居士이며, 시호는 文忠이다. 吉州 永丰(현재 江西省 吉安市 永丰县) 출신으로 北宋 文学人이자 史學者였다. 歐陽文忠公으로 불림, 한유(韓愈), 柳宗元, 소식(蘇軾) 등과 함께 '千古文章四大家'라고 부르기도 함. 한유(韓愈), 柳宗元, 소식(蘇軾), 소순(蘇洵), 소철(蘇轍), 王安石, 曾鞏 등과 함께 '唐宋散文八大家'라고도 부름. 관직으로는 參知政事, 推誠保德崇仁翊戴功臣, 觀文殿學士, 太子少師 등 역임.

이시환 신작 시집

가시와 솜털

초판인쇄 2025년 02월 03 초판발행 2025년 02월 05일

지은이 **이시환**
펴낸이 **이혜숙** 펴낸곳 **신세림출판사**
등록일 1991년 12월 24일 제2-1298호

04559 서울특별시 중구 퇴계로49길 14,
   충무로엘크루메트로시티2차 1동 720호
전화 02-2264-1972 팩스 02-2264-1973
E-mail : shinselim72@hanmail.net

정가 18,000원

ISBN 978-89-5800-280-2, 03810